Sharon Kendrick

Belleza mancillada

Editado por HARLEQUIN IBÉRICA, S.A.
Núñez de Balboa, 56
28001 Madrid

BELLEZA MANCILLADA, N.º 2201 - 2.1.13
Título original: A Tainted Beauty
Publicada originalmente por Mills & Boon®, Ltd., Londres.

I.S.B.N.: 978-84-687-2396-9
Depósito legal: M-35512-2012
Editor responsable: Luis Pugni
Fotomecánica: M.T. Color & Diseño, S.L. Las Rozas (Madrid)
Impresión en Black print CPI (Barcelona)
Fecha impresion para Argentina: 1.7.13
Distribuidor exclusivo para España: LOGISTA
Distribuidor para México: CODIPLYRSA
Distribuidores para Argentina: interior, BERTRAN, S.A.C. Vélez Sársfield, 1950. Cap. Fed./ Buenos Aires y Gran Buenos Aires, VACCARO SÁNCHEZ y Cía, S.A.

Capítulo 1

ALGUIEN la estaba observando.

Se le había erizado el vello de la nuca y estaba segura. Levantó la cabeza de la masa que estaba preparando y entrecerró los ojos para mirar hacia afuera, hacia el sol, y vio la imponente figura de un hombre en la otra punta de su jardín.

Parecía una estatua. Solo su grueso pelo moreno parecía moverse, despeinado por la suave brisa que entraba también por la puerta abierta de la cocina. Inconscientemente enmarcado por uno de sus rosales, parecía una oscura e indeleble mancha en el paisaje y a Lily le dio un vuelco el corazón al ver que echaba a andar hacia la casa.

Por un momento, se preguntó por qué no estaba asustada. Por qué no estaba gritando y buscando un teléfono para llamar a la policía y contarle que un extraño había entrado en su propiedad. Tal vez porque su presencia la había distraído de los inquietantes pensamientos que ocupaban su mente. O tal vez porque había en aquel hombre algo muy extraño. Era como si tuviese todo el derecho a estar allí.

Como si aquel día de verano hubiese estado esperando su llegada.

Lily observó con cierto placer culpable cómo sus muslos se movían dentro de los pantalones grises mientras el hombre atravesaba su perfecto jardín. La brisa le apretaba la camisa blanca contra el cuerpo, definiendo un fuerte torso. «Poesía en movimiento», pensó con nostalgia. Habría podido pasarse todo el día observándolo.

Se acercó más y Lily pudo ver la desvergonzada sensualidad de su rostro. Las gruesas pestañas enmarcaban unos ojos oscuros, que brillaban de manera peligrosa. La mandíbula fuerte, cubierta por una viril barba de dos días. Y unos labios que Lily no tardó en imaginar posados en los suyos. El corazón se le aceleró al verlo detenerse ante la puerta abierta y casi se mareó. ¿Cuánto tiempo hacía que no había sentido deseo por un hombre? ¿Cómo se le podía haber olvidado lo potente que este podía llegar a ser?

–¿Puedo... ayudarlo? –le preguntó.

Después se dio cuenta de lo pacíficas que habían sido sus palabras y, fulminándolo con la mirada, añadió:

–Me ha dado un susto de muerte, acercándose tan sigilosamente.

–No sabía que me había acercado sigilosamente –respondió él, mirándola de manera burlona–, pero la veo muy capaz de defenderse de cualquier intruso.

Lily se dio cuenta de que el hombre le estaba mirando la mano, en la que tenía el rodillo de amasar agarrado como si fuese un arma de defensa personal. Se humedeció los labios con la lengua.

–Solo estaba cocinando.

–¿De verdad? –dijo Ciro divertido, mirando la mesa cubierta de harina que había detrás de ella.

Vio el cuenco lleno de fruta y el azúcar y, de repente, todos sus sentidos se pusieron alerta por algo más que por aquella dulce belleza. El olor a repostería casera le hizo pensar en un mundo que casi no conocía. Un mundo de cálida y cómoda domesticidad. Y el corazón le dio un vuelco, pero con su habitual dureza, apartó aquellos incómodos pensamientos de su mente y miró a la repostera.

Era la mujer más anticuada que había visto en toda su vida. Una mujer de las que ya no había. Una tentadora mezcla de seductoras curvas y sombras con delantal. Y Ciro no recordaba la última vez que había visto a una mujer con delantal. A no ser que contase el disfraz de criada francesa con el que le había sorprendido su última amante cuando había sospechado que se estaba cansando de ella, cosa que era cierta. Aquel otro delantal había servido para realzar la desnudez de su dueña, pero aquella era una versión mucho más inocente. Un modelo deliberadamente retro, de algodón y con volantes, ajustado a la cintura más estrecha que había visto en toda su vida.

Algunas personas pensaban que mirar fijamente

era de mala educación, pero ¿acaso no era un insulto no mirar a una mujer tan bella? Estudió su pelo espeso, del color del trigo maduro, que llevaba recogido en lo alto de la cabeza con toda una colección de horquillas. Tenía la piel sonrojada y a Ciro le sorprendió que un cuello tan esbelto pudiese soportar el peso de tanto pelo. Se preguntó si la mujer sería consciente de que era la imagen perfecta de la domesticidad, y no supo qué significaba que aquella imagen le resultase tan inesperadamente sexy.

–Entonces, ¿no me va a invitar a entrar? –le preguntó.

La presuntuosidad de su pregunta hizo que Lily se pusiese en marcha. ¿Por qué estaba allí parada como una estatua mientras aquel hombre la miraba como si fuese un coche que quisiese comprar? ¿No era ese el motivo por el que los hombres pensaban que podían conseguirlo todo con su comportamiento arrogante, porque mujeres como ella se lo permitían? ¿Acaso no había aprendido nada de su pasado?

–No, no voy a invitarlo a entrar. Podría ser un asesino.

–Le aseguro que en lo último en lo que estoy pensando es en matarla –le respondió él.

La miró a los ojos y Lily se sintió aturdida.

–Y usted no parece en absoluto asustada –añadió con voz melosa.

Ella se tragó el nudo que se le había hecho en la garganta. Era cierto que no estaba precisamente asustada. Al menos, en el sentido convencional de la palabra. Pero había algo en él que hacía que el corazón le latiese a toda velocidad. Y el sudor de sus manos iba a estropearle la masa si no tenía cuidado.

–No sé si sabe que lo normal cuando uno llega sin avisar a una cocina ajena es presentarse –le contestó ella remilgadamente.

Él contuvo una sonrisa porque estaba acostumbrado a que las mujeres se sintiesen intimidadas por su presencia, aunque no supiesen quién era. Salvo, al parecer, aquella. Intrigado por la novedad, inclinó la cabeza y dijo:

–Me llamo Ciro D'Angelo.

Ella lo miró fijamente a los ojos y comentó:

–Qué nombre tan peculiar.

–Yo soy un hombre peculiar.

Lily hizo un esfuerzo por ignorar aquella fanfarronada, sobre todo porque sospechaba que era cierta.

–¿Y es italiano?

–Lo cierto es que soy napolitano –respondió él, encogiéndose de hombros–. No es lo mismo.

–¿Por qué?

–Tardaría mucho tiempo en explicárselo, *dolcezza*.

A Lily se le aceleró todavía más el corazón al oír cómo decía aquella palabra que no sabía lo que significaba. Quería que le explicase la diferencia entre ser napolitano e italiano, pero tuvo la sensación de que eso la pondría en una situación todavía más complicada. Así que miró el reloj que había colgado en la pared y le dijo:

–Un tiempo del que me temo que no dispongo. Y sigo sin saber qué está haciendo aquí, señor D'Angelo. No sé si sabe que está en una propiedad privada.

Ciro inclinó la cabeza con satisfacción porque su pregunta le gustó. Significaba que la noticia de su nueva adquisición todavía no se había hecho pública. Eso era bueno. Odiaba la publicidad, pero sobre todo odiaba que sus negocios se hiciesen públicos antes de estar cerrados.

La pregunta le hizo preguntarse quién era ella. La mujer que vendía aquella casa era de mediana edad. Hizo un esfuerzo por recordar un nombre. Scott, sí, Suzy Scott. Una mujer que iba vestida de manera inapropiada para su edad, demasiado maquillada y que tenía una manera de mirar a los hombres que solo podía calificar de hambrienta. Frunció el ceño. ¿Podía ser aquella diosa doméstica su hija? ¿Qué edad podía tener? ¿Veintiún años? ¿Veintidós? Con una piel tan clara y suave, era difícil de saber. Pero, si era la hija de la dueña, tenía que saber que la casa iba a cambiar de propietario. Que iba a ser suya, para ser precisos.

La mujer seguía mirándolo con cautela y Ciro se dio cuenta de que se le había escapado un mechón de pelo y caía sobre su mejilla. Tal vez lo mejor fuese darse la media vuelta y volver en otro momento, pero, de repente, se dio cuenta de que no quería marcharse. Se sintió inmerso en un cálido mundo tan distinto al suyo que sintió curiosidad por saber más, por descubrir sus inevitables defectos para poder marcharse de allí con su cinismo intacto.

Se encogió de hombros.

–Pensé que no habría nadie en casa.

–¿Quiere decir que pensaba que la casa estaría vacía? –preguntó ella, dándose cuenta de que se le iba a estropear la masa si seguía descuidándola, y trabajándola un poco más antes de colocarla en el molde–. ¿Qué es... un ladrón?

–¿Tengo pinta de ladrón?

Lily levantó la vista de la masa y pensó que no. Dudaba que un ladrón común fuese capaz de exhibir semejante seguridad, aunque parecía lo suficientemente ágil para cumplir con las exigencias físicas del trabajo. Y le resultó demasiado fácil imaginárselo vestido de licra negra.

–No va precisamente vestido de ladrón. Supongo que se le estropearía ese traje tan caro si intentase trepar por la fachada de la casa –comentó en tono sarcástico–. Y por si pensaba trepar por la fachada de esta casa en particular, le diré que puede ahorrarse el esfuerzo. No va a encontrar en ella nada de valor.

Lily empezó a cubrir la masa con huevo batido, pensando que debía sentirse vulnerable, después de haberle dicho aquello a un desconocido, pero ya llevaba mucho tiempo sintiéndose vulnerable, y el extraño comportamiento de su madrastra no la estaba ayudando nada. Suzy nunca había sido una mujer fácil, pero últimamente había decidido llevarse todos los objetos valiosos que tenía allí a su casa de Londres. Lily sabía que tenía derecho a hacerlo. Podía hacer lo que le diese la gana porque había heredado absolutamente todo lo que había tenido su padre. Todo su dinero y también aquella bonita casa, la Granja.

Ella seguía muy dolida. La muerte de su padre, nueve meses antes, justo después de celebrar su segunda boda, había sido tan repentina e inesperada que Lily todavía seguía con una entumecedora sensación de inseguridad. Mientras lidiaba con su propio dolor e intentaba reconfortar a su hermano pequeño, había intentado convencerse de que seguro que su padre había pensado cambiar el testamento. Ningún padre querría que sus dos hijos se quedasen sin ningún respaldo económico, ¿no? Pero lo cierto era que no había llegado a hacerlo y que todas sus propiedades habían ido a parar a manos de su joven esposa, que parecía haberse tomado su nuevo estado de viudedad alarmantemente bien.

Suzy se había llevado a su casa de Londres hasta el collar de perlas que había pertenecido a la madre de Lily, que le había prometido que algún día sería suyo y que, probablemente, jamás volviese a ver. ¿Sería ese el motivo por el que su madrastra se lo había llevado todo de allí? ¿Pensaba que Lily podía robarle? Lo peor era que eso habría resuelto algunos de sus problemas, ya que habría podido darle a su hermano la seguridad que se merecía.

Ciro se dio cuenta de que le había temblado la voz y se preguntó cuál sería la causa, pero su atención se vio distraída cuando la vio inclinarse a meter la tarta en el horno y sus ojos se clavaron en la seductora curva de su trasero. Sus piernas desnudas parecían muy suaves y el vestido corto de algodón se le pegó a los muslos.

–No, no soy un ladrón y no busco nada de valor –comentó con naturalidad.

Lily se giró y se dio cuenta de que tenía la vista clavada en su trasero, y aunque sabía que no estaba bien, le gustó que un hombre tan guapo la mirase con tanto interés. Era agradable, sentirse deseada para variar, en vez de sentirse una persona invisible, que se pasaba el día luchando contra sus miedos al futuro.

–Entonces, ¿qué está haciendo aquí?

–Por alguna extraña razón, se me ha borrado de la mente –respondió él–. No me acuerdo.

Ambos se miraron a los ojos y Lily no necesitó que se le acelerase el corazón para saber que estaban flirteando. Hacía mucho tiempo que no lo hacía y le pareció... peligroso. Porque la sensualidad que emanaba de aquel hombre le traía demasiados recuerdos, y ninguno bueno. Recuerdos de desconfianzas, desengaños amorosos y almohadas mojadas de lágrimas.

–Pues intente recordar –le replicó–. Antes de que pierda la poca paciencia que me queda.

Ciro se preguntó qué decirle, porque no era él quien debía darle la noticia de que era el nuevo dueño de la casa, pero si trabajaba allí... Tal vez pudiese contratarla.

–Estaba buscando una casa para comprar –empezó.

Lily lo miró confundida.

–Pues esta no está en venta.

Ciro se sintió momentáneamente culpable.

–Ya lo veo –añadió–, pero, ya sabe, estaba dando una vuelta por la zona y uno siempre encuentra las mejores cosas cuando no tiene prisa. Ves un camino que te llama la atención por su belleza y te preguntas adónde llevará.

–¿Está diciendo que se pasea por propiedades ajenas cuando piensa que están vacías? Ya sabía yo que no tramaba nada bueno.

Pero Ciro no la estaba escuchando. Solo podía pensar en quitarle las horquillas del pelo para verlo suelto sobre sus hombros, en agarrarla por las generosas caderas y enterrar los labios en la esbelta columna de su cuello.

Se dijo a sí mismo que debía marcharse y no volver hasta que no tuviese las llaves de la casa, pero la cocina era tan hogareña y aquella mujer tenía un cuerpo tan a la antigua, que sintió una especie de nostalgia que aumentó el deseo que sentía por ella. De repente, le resultó demasiado sencillo imaginársela desnuda. Si la hubiese conocido en una fiesta, tal vez en esos momentos estaría haciendo realidad aquella fantasía, pero era la primera vez que conocía a una mujer en una cocina.

–¿A qué huele? –le preguntó.

–¿Se refiere a lo que he preparado?

–Sí, no me ha dejado acercarme lo suficiente para degustar su perfume –contestó.

Lily tragó saliva, le picaba la piel de los nervios y de la excitación.

–Lo cierto es que hay varios olores compitiendo por su atención –respondió enseguida–. Tengo un puré en el fuego.

–¿Un puré casero, quiere decir?

–Bueno, evidentemente no es de lata ni de cartón –le dijo ella, estremeciéndose–. Es de espinacas y lentejas, con un toque de cilantro. Lo mejor es tomarlo mezclado con nata fresca y un trozo de pan recién hecho.

A Ciro le sonó a orgasmo comestible.

–Parece delicioso –comentó con naturalidad.

–Está delicioso. Y esto... –continuó Lily, señalando una mezcla de aspecto pegajoso que descansaba en un estante– es la típica tarta de limón.

–Vaya –comentó él en voz baja.

Lily intentó encontrar en su rostro algún signo de sarcasmo, pero su expresión casi melancólica hizo que se pusiese alerta.

–Puede... probarla, si quiere. Sabe mejor cuando está recién sacada del horno. Siéntese y le pondré un trozo. Al fin y al cabo, si ha venido desde Nápoles, lo menos que puedo hacer es demostrarle un poco de hospitalidad inglesa.

Una vez más, Ciro oyó la voz de su conciencia, pero la ignoró. En su lugar, se sentó en una silla de madera y observó cómo se movía aquella mujer por la cocina.

–Todavía no me ha dicho cómo se llama.

–No me lo ha preguntado.

–Se lo estoy preguntando ahora.

–Lily.

Él recorrió su rostro con la mirada y detuvo la vista en la curva de sus labios.

–Bonito nombre.

Ella se giró a sacar una jarra de leche de la nevera y odió que un cumplido tan insignificante consiguiese ruborizarla.

–Muchas gracias.

–Supongo que también tiene apellido. ¿O eso es secreto de Estado?

–Muy gracioso –le respondió ella–. Lily Scott.

–¿Scott?

–Sí, Scott, como el famoso explorador inglés.

–Ah, sí –dijo Ciro, pensando en lo que eso significaba.

Tenía que ser pariente de la vendedora, pero ¿cómo era posible que no supiese que acababan de vender la casa? Ni siquiera era consciente de que la habían puesto a la venta. Frunció el ceño al darse cuenta de que ya era demasiado tarde para contárselo de una manera decente.

Aunque eso no era cierto. Si hubiese sido mayor, o un hombre, o si fuese evidente que solo trabajaba allí, no le habría costado lo más mínimo decirle que era el nuevo dueño de aquella casa. Era su belleza lo que le estaba haciendo dudar acerca de contárselo. Además, no era él quien debía hacerlo.

Esperó a que hubiese servido el té y aceptó un trozo del delicioso pastel que ya no le apetecía antes de volver a abordar el tema.

–Entonces, ¿vive aquí?

Lily estaba tan absorta observando su perfecta barbilla que no se paró a pensar antes de responder.

–¡Por supuesto que vivo aquí! ¿Dónde pensaba que...?

Entonces vio algo en su mirada que le hizo cambiar de tono de voz y dejar la taza de la que había estado a punto de beber.

–Ah, ya entiendo –añadió muy despacio–. ¿Ha pensado que trabajaba aquí? Que era una empleada. ¿La cocinera, tal vez? O el ama de llaves.

–Yo no...

–No hace falta que lo niegue, ni que se disculpe.

Lily se maldijo por haber estado soñando despierta y haber pensado que le gustaba a aquel hombre cuando él solo la había visto como a una criada. «Estupendo, Lily», se dijo a sí misma. Su radar con los hombres seguía tan estropeado como siempre. Sacudió la cabeza.

–Quiero decir, que es normal que alguien como

yo no viva en una casa así. ¡Es demasiado grande y demasiado cara!

–Yo no he dicho eso –le dijo él.

«No ha hecho falta», pensó Lily. De todas maneras, ¿por qué negar algo que en el fondo era verdad? Se ganaba la vida haciendo tartas y no tenía dinero para gastárselo en ropa cara, ya que se lo gastaba casi todo en pagar el internado de su hermano Jonny.

Aunque tal vez Ciro D'Angelo le hubiese hecho un favor. Tal vez había llegado el momento de reconocer que ya nada era lo mismo. Tenía que aceptar que las cosas habían cambiado y que ella también debía cambiar. Ya no era la niña mimada de la casa, porque sus padres habían fallecido los dos. Su madrastra no era la mujer malvada de los cuentos. La toleraba, pero no la quería. Y dado que su padre había fallecido, Lily tenía la sensación de que en esos momentos solo era un estorbo.

Se obligó a decirlo en voz alta, manteniendo su orgullo.

–Esta es la casa de mi madrastra. En estos momentos no está, pero no tardará en volver. De hecho, debe de estar a punto de llegar, así que debería marcharse.

Ciro se puso en pie y notó cómo la ira iba creciendo en su interior. ¿Por qué no le había dicho su madrastra que había vendido la casa? ¿Que habían llegado a un acuerdo y que el trato quedaría cerrado en un par de días? Al final de la semana empezaría a transformar aquella casa familiar un tanto descuidada en un hotel de vanguardia. Frunció el ceño. ¿Qué iba a ser de aquella belleza cuando eso ocurriese?

Hizo un último esfuerzo por que dejase de fulminarlo con la mirada y le dedicase una sonrisa con aquellos preciosos labios. Se encogió de hombros de manera exagerada, cosa que a las mujeres siempre les resultaba irresistible, sobre todo cuando acompañaba el gesto de una expresión compungida.

–Pero si todavía no me he comido el pastel.

Lily intentó ser fuerte, consciente de que el seductor brillo de sus ojos solo pretendía manipularla. Era un impostor y ella había estado a punto de rendirse a sus encantos.

–Tendrá otra oportunidad de probarlo. Lo tienen igual en el salón de té del pueblo. Puede comprarlo cuando quiera –le informó–. Y ahora, si me perdona, tengo que ocuparme de la tarta que hay en el horno y no me puedo pasar todo el día charlando. Adiós, señor D'Angelo.

Le señaló hacia la puerta mientras sonreía con frialdad y un segundo después la estaba cerrando detrás de él y Ciro se encontró una vez más en el jardín.

Frustrado, clavó la vista en la madreselva que crecía alrededor de la pesada puerta de roble. Era la primera vez que una mujer lo echaba. La primera vez que una mujer le hacía sentir que iba a morirse si no probaba la suavidad de sus labios. Y la primera vez que una mujer lo miraba como si no le importase no volver a verlo jamás.

Tragó saliva mientras el deseo se veía reemplazado por una mezcla de sentimientos que prefería no empezar a analizar.

Porque se dio cuenta de que no había pensado en Eugenia.

Ni una sola vez.

Capítulo 2

NO LO entiendo –dijo Lily palideciendo, mirando a su madrastra como si esperase que esta se diese la vuelta y admitiese que todo había sido una broma.

–¿Qué es lo que no entiendes? –le preguntó Suzy Scott con gesto impávido desde la ventana del salón–. Es muy sencillo, Lily. La casa está vendida.

Ella tragó saliva y negó con la cabeza.

–¡No puedes hacer eso! –susurró.

–¿Que no puedo? –replicó Suzy, arqueando las cejas perfectamente depiladas–. Me temo que sí. Y lo he hecho. Los contratos están firmados. Lo siento, Lily, pero no tenía alternativa.

–Pero ¿por qué? Esta casa ha pertenecido a mi familia durante...

–Sí, ya lo sé –la interrumpió Suzy en tono cansado–. Durante siglos. Tu padre siempre me lo decía, pero eso no tiene nada que ver con la fría y cruda realidad. Tu padre no me ha dejado ninguna pensión, Lily...

–¡No sabía que iba a morirse!

–Y yo necesito el dinero –continuó su madrastra,

todavía sin cambiar de expresión–. No tengo ingresos y necesito vivir de algo.

Lily apretó los labios temblorosos e intentó controlar su ira. Quería sugerirle a su madrastra que buscase trabajo, pero sabía que no merecía la pena decirle eso, ni tampoco que dejase de comprarse ropa de diseño.

–Pero ¿qué voy a hacer yo? –le preguntó–. ¿Y, sobre todo, Jonny?

–Ya sabes que puedes pasar alguna temporada en mi casa de Londres, aunque también sabes lo pequeña que es.

Sí, Lily lo sabía, pero en esos momentos solo podía pensar en su hermano. Su querido hermano que ya había sufrido demasiado en sus dieciséis años de vida.

–Jonny no podría vivir en Londres –contestó, intentando imaginarse al adolescente rodeado de las antigüedades que Suzy tenía en su casa de la capital.

Suzy se tocó el diamante que colgaba de su cuello.

–Es evidente que Jonny no puede venir a mi casa, a manchármela con sus zapatones, por eso lo he arreglado para que sigáis viviendo aquí.

Lily vio un rayo de esperanza al oír aquello.

–¿Aquí? –repitió–. ¿En la casa?

–No, en la casa, no –replicó su madrastra–. ¡Cómo va a tolerar eso el nuevo dueño! Pero he hablado con Fiona Weston...

–¿Has hablado con mi jefa? –preguntó Lily confundida.

Fiona era la dueña de Crumpets, los salones de té para los que Lily preparaba pasteles y en los que había trabajado de camarera desde que había terminado de estudiar. Fiona era una mujer de mediana edad con la que, que ella supiera, Suzy nunca había intercambiado más de dos palabras.

–¿Y qué le has dicho exactamente? –añadió.

Suzy se encogió de hombros.

–Le he explicado cuál era la situación. Le he dicho que me he visto obligada a vender la casa y que eso os planteaba un problema de alojamiento...

–Supongo que es una manera de decirlo –comentó Lily, intentando controlar su tono de voz.

–Y está dispuesta a dejar que Jonny y tú viváis en el piso que hay encima del salón de té, así estarás al lado del trabajo. Lleva siglos vacío, ¡cualquiera diría que te estaba esperando! ¿No te parece una buena solución?

Lily miró a su madrastra fijamente, incapaz de creer que aquello le pareciese buena idea. Sí, el piso llevaba siglos vacío, pero eso tenía una explicación. Nadie quería vivir al lado de la taberna del pueblo, que estaba abierta todo el día y parte de la noche.

A ella no se le ocurría nada peor que terminar de trabajar y tener que subir las escaleras que llevaban al piso de dos habitaciones que había encima del salón de té, pero ¿acaso tenía elección? Tenía que pensar en Jonny. Tenía que darle la seguridad que este tanto quería y el hogar que tanto necesitaba.

–Bueno, ¿qué te parece? –le preguntó Suzy.

Lily pensó que aquel era otro ejemplo de cómo la vida podía darte una bofetada, pero ¿de qué servía hablar si todo lo que dijese iría a parar a oídos sordos?

–Luego iré a hablar con Fiona –respondió.

–Bien.

Todavía aturdida por la noticia, Lily se preguntó si volvería a ver a Suzy después de aquello, o si su madrastra preferiría romper completamente la relación con ellos. Tal vez fuese lo mejor, dadas las circunstancias.

–¿Por qué no me lo contaste, Suzy? –le preguntó de repente.

Esta tocó el diamante con nerviosismo una vez más.

–¿El qué?

–Que habías decidido vender la casa. Tal vez así habría podido prepararme mentalmente. Tal vez podría haber buscado otra solución. ¿Por qué me lo has soltado así?

Incómoda, Suzy se encogió de hombros.

–Una de las condiciones de la venta era que mantuviese en secreto la identidad del comprador.

–Qué cosa más rara, aunque supongo que ahora ya puedo saber de quién se trata, ¿no?

–Bueno, la verdad es que no –admitió Suzy–. No puedo contarte nada.

–Venga ya –dijo Lily, empezando a perder la paciencia–. ¿Hay alguna razón por la que...?

Lily se interrumpió con el ruido del motor de un potente coche y al ver que Suzy tragaba saliva con nerviosismo.

–¿Qué ocurre? –le preguntó.

–Que está aquí –respondió su madrastra.

–¿Quién está aquí?

–El nuevo dueño.

Lily oyó detenerse el coche y un portazo, los pasos en el camino y el timbre de la puerta. Vio atusarse el pelo a Suzy y supo que había un hombre guapo en la puerta.

–¿No vas a ir a abrir, Suzy? –le preguntó Lily con sorprendente tranquilidad a pesar de tener el corazón acelerado.

–Sí, sí. Por supuesto.

Suzy fue hacia la puerta y Lily oyó cómo abría la puerta principal y el sonido de varias voces. Una de ellas era profunda y tenía un acento... Le entraron ganas de gritar, de taparse los ojos para no ver a Ciro D'Angelo entrando en la habitación, con su madrastra pegada a los talones, como si fuese su guardaespaldas.

Lily deseó enfadarse, pero su cuerpo la traicionó. Aquel hombre había despertado en ella algo que no quería volver a aletargarse.

–Hola, Lily –la saludó Ciro.

Al oír aquello, Suzy salió de detrás de él, sorprendida.

–¿Quiere decir que ya conoce a mi hijas... a Lily?

–Sí, ya nos conocemos –respondió esta, obligándose a hablar.

Intentó recuperar parte del control que había perdido al ver al guapo y sensual napolitano. Tal vez hubiese comprado su casa, tal vez ella acabase de enterarse que iba a tener que marcharse a vivir al pequeño piso que había encima del salón de té, pero no iba a permitir que Ciro D'Angelo notase su consternación.

¿No tendría aquella consternación otra causa, además del miedo al futuro? ¿No estaría también motivada por el deseo que sentía por él, que volvía a poner de manifiesto la poca vista que tenía con los hombres?

Apretó los labios con fuerza para intentar que le dejasen de temblar y tardó un momento en sentirse capaz de volver a hablar.

–El señor D'Angelo estuvo aquí el otro día, de hecho, me dio un buen susto, pero yo, en vez de llamar a la policía y contarle que había un intruso, fui tan tonta que lo dejé entrar y permití que me contase una ridícula historia. Algo de un camino que te llama la atención por su belleza y te preguntas adónde llevará.

–Es todo un halago que recuerdes tan bien mis palabras –comentó Ciro.

–Pues no era mi intención halagarlo, señor D'Angelo –replicó ella–. Estaba merodeando por aquí...

–¿Cómo un ladrón? –intervino él en tono dulce.

Lily apretó los puños y lo miró fijamente a los

ojos. Entonces recordó el momento en que se lo había imaginado vestido de licra negra. Cuando ambos habían coqueteado. Cuando se había sentido aturdida con la sensación de estar con un hombre tan atractivo.

–Como un vulgar ladrón –lo corrigió ella fervorosamente.

–¡Lily! –exclamó Suzy, que se había colocado entre ambos como si estuviesen en un ring de boxeo–. No deberías ser tan grosera con el señor D'Angelo. Me ha hecho una oferta muy generosa por la Granja... una oferta que no he podido rechazar.

–¡Puedo hacer lo que me plazca! –dijo Lily–. ¡Yo no he llegado a ningún acuerdo secreto con él!

–Siento mucho todo esto –le dijo Suzy a Ciro, dedicándole una tensa sonrisa–, pero me temo que, como tenemos casi la misma edad, nunca he sido capaz de disciplinarla, ni siquiera cuando mi difunto marido vivía.

–¿Que tenemos casi la misma edad? –repitió Lily con indignación.

Ciro se dio cuenta de que Lily estaba muy pálida y, enfadado y movido por el deseo de protegerla, se giró hacia la otra mujer.

–Señora Scott, ¿le importaría traerme algo de beber? He venido directamente desde Nueva York y...

–Por supuesto. Debe de estar agotado. ¡A mí también me sienta fatal el cambio horario! –comentó Suzy–. ¿Le apetece un café?

–Perfecto –respondió él con frialdad.

Suzy miró un momento hacia el otro lado de la habitación, donde estaba Lily, y esta pensó que iba a pedirle que preparase ella el café, como hacía siempre que tenía visitas, pero algo en su expresión debió de hacerla cambiar de expresión, porque se limitó a sonreír de manera burlona.

–¿Lily?

–No, gracias. Creo que necesito una copa –le respondió esta, yendo hacia el mueble de las bebidas con la sensación de que, si no hacía algo, iba a caerse redonda sobre la moqueta.

Notó la mirada de Ciro en su espalda mientras sacaba una copa del tamaño de una pequeña pecera y se servía una buena cantidad del mejor coñac que había en la casa. Le dio un buen sorbo y estuvo a punto de atragantarse cuando el líquido le quemó la garganta, pero consiguió tragárselo y dar otro sorbo.

–Despacio –le advirtió Ciro.

Ella se giró a mirarlo y el miedo y la inseguridad que había estado conteniendo salió a la superficie.

–No se atreva a decirme que vaya despacio –susurró enfadada, notando cómo las lágrimas se le agolpaban en los ojos–. No puedo creer que fuese capaz de sentarse en mi cocina, perdone, en su cocina, mientras...

Tuvo que tomar aire antes de continuar.

–Mientras se burlaba de mí, sabiendo que era el dueño de esta casa y que yo no tenía ni idea.

–No me burlé de ti –le respondió él.

–¿No? Entonces, ¿por qué no me dijo que era el nuevo dueño?

–Se me pasó por la cabeza –admitió Ciro, poniéndose tenso–, pero pensé que no era la persona adecuada para hacerlo.

–¿Por qué no? –le preguntó ella, mirándolo a los ojos. El coñac hizo que le ardiese el estómago y le dio el valor necesario para añadir–: ¿Porque estaba demasiado ocupado flirteando conmigo?

Ciro se encogió de hombros.

–En eso tiene cierta razón –asintió él.

–¿Y qué? ¿Quiso ver hasta dónde podía llegar antes de decírmelo?

–¡Lily! –protestó Ciro, sorprendido al verla tan ofendida–. No esperaba encontrar a nadie en la casa, de verdad. Y cuando me tropecé contigo...

Se interrumpió porque le costaba trabajo explicarse. No le gustaba tener que admitir sus sentimientos delante de una mujer. Eso era algo que siempre le habían echado en cara. Eugenia se lo había dicho constantemente, sobre todo al principio, cuando intentaba convertirse en la mujer que pensaba que él quería que fuese.

Pero Ciro no recordaba haberse sentido nunca tan fascinado por una mujer como por Lily Scott. Parecía poseer todas las cualidades tradicionales que no había encontrado en ninguna otra. Y no había podido dejar de pensar en su rostro de ojos azules y en su sensual cuerpo desde que la había visto por primera vez.

–¿Y bien? –le dijo ella–. No se le ocurre una explicación, ¿verdad?

Él sacudió la cabeza con impaciencia.

–Tenía que contártelo tu madrastra, no yo.

En ese momento volvió Suzy con una bandeja con el café y unas galletas de jengibre que había preparado Lily. Debía de haber oído sus últimas palabras, porque dejó la bandeja y le lanzó una mirada de reproche.

–Eso no es del todo justo, Ciro, ya que una de las condiciones de la venta era que mantuviese tu identidad en secreto.

–Mi identidad, sí –admitió él, molesto porque no recordaba haberle dicho a aquella mujer que pudiese tutearlo, ni que lo mirase de aquella manera–, pero no le pedí que mantuviese en secreto la venta. Es normal que Lily se sienta dolida y decepcionada. Acaba de enterarse de que dentro de un par de semanas no tendrá dónde vivir.

Suzy hizo un puchero.

–¡Por Dios santo! ¡Esto no es una novela de Charles Dickens! No es una pobre niña que no tiene adónde ir. Le he ofrecido que venga conmigo a Londres, pero no quiere.

Lily no podía más. Sintió ganas de vomitar y dejó la copa en la mesa.

–¡No soy un objeto que puedas llevar de un lado a otro! –exclamó.

–No me gusta tener que echarte de tu casa –dijo Ciro, viéndola, de repente, alarmantemente frágil–. Y me gustaría ayudarte todo lo que pueda.

La miró a los ojos, odiando cómo respondía su cuerpo cuando ella lo fulminó con la mirada.

–Pues yo ni quiero ni necesito su ayuda, señor D'Angelo –espetó con toda la dignidad de la que pudo hacer acopio, teniendo en cuenta que estaba aturdida por el coñac que había bebido.

Notó que se tambaleaba y vio moverse a Ciro.

Este avanzó hacia ella y la agarró por la muñeca y, durante unos segundos, el resto del mundo desapareció a su alrededor y solo pudo verlo a él. Lo miró a los ojos y se le secó la boca solo de imaginárselo besándola. Se lo imaginó abrazándola y, para su horror, notó cómo se le endurecían los pechos.

–Suélteme –le pidió, preguntándose si se habría dado cuenta de cómo se le había acelerado el pulso–. Déjeme marchar.

Él obedeció a regañadientes, con el ceño fruncido.

–¿Adónde vas a ir? –le preguntó.

Ella lo fulminó con la mirada.

–Eso no es asunto suyo –le contestó–, pero voy a trabajar.

–No puedes...

–¿Que no puedo? ¡Claro que puedo! Puedo hacer lo que quiera –le dijo–. Si he entendido bien, la compra quedará cerrada el día tres de este mes, ¿verdad? Me aseguraré de que no quede ninguna de mis pertenencias en la casa para entonces. Adiós, señor D'Angelo. Espero no volver a verlo.

Notó su mirada clavada en ella mientras salía de la habitación y, sin saber cómo, consiguió llegar al que siempre había sido su dormitorio. Fue solo entonces cuando Lily permitió que las lágrimas corriesen por su rostro.

Capítulo 3

QUÉ te parece, Lily? Sé que es un poco pequeño.

La suave voz de Fiona Weston interrumpió sus pensamientos mientras Lily miraba hacia el exterior a través de la polvorienta ventana del apartamento. Era un pueblo pequeño, pero seguía pareciéndole muy ruidoso, en comparación con la tranquilidad a la que estaba acostumbrada. Vio a un grupo de hombres delante de la taberna, bebiendo cervezas y fumando. Una moto pasó haciendo ruido y echando humo y Lily se estremeció.

Tendría que acostumbrarse a aquello.

–Es... estupendo, Fiona –le contestó, intentando hablar con entusiasmo.

El coñac que se había tomado un rato antes le había provocado dolor de cabeza y no podía sacarse el rostro de Ciro D'Angelo de la cabeza. Ni tampoco el recuerdo de cómo se había sentido cuando este la había agarrado por la muñeca.

Se había sentido vulnerable y frustrada. Y mientras que una parte de ella odiaba la ola de placer que había sentido cuando la había tocado, otra parte había sentido deseo. Se obligó a sonreír.

–Estupendo –repitió.

–Bueno, si estás segura –le dijo Fiona–. Puedes mudarte cuando quieras.

Ella asintió como uno de esos viejos perros de juguetes que su abuelo había llevado siempre en el coche, y eso le hizo recordar que él siempre había visto la vida de manera positiva. Intentó hacer lo mismo.

–¡Estoy deseándolo! Es un apartamento fantástico. En cuanto le dé una mano de pintura y traiga un par de plantas, no lo reconocerás.

–La verdad es que le vendría bien un lavado de cara –admitió Fiona–. Lo que no sé es dónde va a dormir tu hermano cuando venga.

Lily ya había pensado en eso.

–Ah, Jonny se adapta a todo. Compraré un sofá-cama.

–Buena idea –admitió Fiona–. Por cierto, que el alquiler es muy barato.

Le dio una cifra que a Lily le pareció excesivamente baja.

–No puedes cobrarme eso –protestó.

–Claro que sí –le dijo su jefa–. Eres una chica trabajadora, Lily, y los salones de té tienen éxito gracias a tus pasteles.

Impulsivamente, Lily se acercó a darle un abrazo a la mujer que le había dado trabajo y una actividad en la que refugiarse mientras esperaba a que llegase la enfermera a pincharle algún analgésico a su madre.

Con dieciocho años había pasado de trabajar los sábados y durante las vacaciones a trabajar a tiempo completo. Había empezado como camarera, hasta que Fiona había descubierto su talento para la repostería y le había pedido que se ocupase de los pasteles. Para una chica sin estudios, que tenía que ocuparse de su hermano, había sido una gran oportunidad.

Lily se apartó de la ventana y sonrió.

–Bueno, será mejor que vuelva al trabajo, si no queremos que los clientes se quejen. Y eso no lo podemos permitir.

–¡No! –dijo Fiona riendo mientras ambas bajaban por las escaleras.

Contenta por haber tomado la única decisión positiva que podía tomar en esos momentos, Lily se puso su uniforme rosa y unos zapatos cómodos, pero mientras se recogía el pelo frente al espejo se dio cuenta de que le brillaban los ojos y tenía las mejillas sonrosadas.

Estaba diferente.

Agitada.

Un poco salvaje.

Y la causa no era solo que sus circunstancias hubiesen cambiados, sino el despertar del deseo sexual. Y sabía muy bien quién era el responsable.

Aquella fue una tarde de mucho trabajo, pero Lily estuvo acompañada por su amiga Danielle, a la que conocía de toda la vida, y agradeció estar ocupada porque así no tuvo tiempo para pensar en su futuro.

Justo antes de cerrar, el último cliente acababa de irse y Danielle se había marchado para empezar a limpiar cuando la campana de la puerta anunció que acababa de entrar alguien. Lily contuvo un suspiro y levantó la vista de la repisa de los pasteles para encontrarse delante con Ciro D'Angelo.

La sonrisa se le congeló en los labios y se estremeció. Daba igual que siguiese enfadada con él, cuando la miraba así, todo su cuerpo respondía.

–Vamos a cerrar en diez minutos –le dijo.

–Esperaré.

Ella arqueó las cejas.

–¿Para qué?

–A que termines.

–Disculpe, pero creo que me ha confundido con otra persona.

–No creo que sea posible confundirte con nadie, Lily –le respondió él–. Nunca he conocido a nadie como tú.

Ella sacudió la cabeza, enfadada. Se preguntó cuántos cumplidos como aquel haría a lo largo del día y cuántas mujeres se los creerían. Bajó la voz, a pesar de que Danielle no podía oírla desde la cocina, donde estaba fregando, y le dijo:

–Si no me equivoco, hace unas horas hemos tenido una discusión y le he dejado claro que no quería volver a verlo.

Ciro se encogió de hombros.

–A veces, uno dice las cosas en un momento de enfado.

–Sí, pero yo lo he dicho en serio –insistió Lily.

–Bueno, ahora estoy aquí y, según el cartel de la puerta, está abierto –le respondió él, tomando una silla para sentarse–. Así que me temo que vas a tener que atenderme.

Lily miró hacia la puerta con nerviosismo, con la esperanza y, al mismo tiempo, el temor de que Fiona volviese. Quería que aquel hombre se marchase y, a la vez, quería devorarlo con la mirada.

–Quiero que se marche –le dijo casi sin aliento.

Él la retó con la mirada.

–No es verdad.

Lily notó cómo se le endurecían los pechos. Tomó aire.

–Es evidente que no puedo echarlo.

Él arqueó las cejas.

–En eso estoy de acuerdo –murmuró.

Ella se miró el reloj.

–Tenemos exactamente siete minutos antes de cerrar, así que será mejor que me diga cuanto antes lo que quiere.

–Eso es fácil. Tarta de limón. Como la que me perdí la semana pasada.

–Me temo que no nos queda.

Él sonrió.

–¿Y qué me recomiendas entonces?

–Bueno, dado que soy yo la que prepara todos los pasteles que tenemos, los recomiendo todos.

Ciro entrecerró los ojos.

–¿De verdad?

–Sí –dijo ella, sacando la libreta para apuntar–. Y solo nos queda de beber café o chocolate. ¿Qué va a tomar?

–Da igual.

–¿El qué?

–No voy a tomar nada.

Ciro se puso en pie y Lily sintió algo que la enfadó, sintió algo parecido a decepción.

–¿Ha cambiado de idea?

–Sì, ho cambiato idea. He cambiado de idea.

Oírlo hablar en italiano la desorientó, lo mismo que el hecho de que se acercase más a ella. deseó pasar la mano por su barba de dos días. Deseó tocarlo.

–¿Qué significa eso? –le preguntó con desconfianza.

–Que estoy de acuerdo contigo. No quiero estar aquí sentado mientras me miras con esa cara de enfado.

–Me alegro de que se haya dado cuenta de que quiero que me deje en paz.

–No voy a hacerlo –le contradijo él sonriendo–. No hasta que no me digas que vas a cenar conmigo.

Lily notó calor en las mejillas.

–¿Se ha vuelto loco?

–Creo que un poco, sí –admitió él–. Porque no

he podido dejar de pensar en ti. No puedo dejar de recordarte en esa cocina, con las manos manchadas de harina y el delantal atado a la delgada cintura. Y, créeme, no es normal que piense tanto en una mujer.

–Supongo que lo normal es lo contrario, ¿no? –comentó ella en tono sarcástico–. Que las mujeres se obsesionen con usted nada más verlo.

–Es normal, pero mi indudable atractivo no es el motivo de mi presencia aquí. Quería decirte que me siento muy mal con lo ocurrido.

–Vaya, veo que al menos queda algo de justicia en este mundo.

Ciro contuvo una sonrisa.

–Debí decirte que había comprado la Granja, aunque tienes que entender que estaba en una posición difícil.

A pesar de estar decidida a resistirse, Lily dudó porque le pareció verlo sinceramente arrepentido.

–Me lo tenía que haber contado Suzy –admitió.

–Sí –dijo él sonriendo, notando que Lily empezaba a ceder–. Así que, si ya no estamos enfadados, ¿por qué no permites que te invite a cenar?

Ella tomó aire. Tal vez lo mejor sería ser directa con él. Era evidente que a Ciro D'Angelo le gustaba jugar y ella no tenía relaciones sexuales fortuitas con ningún hombre, por muy rico y guapo que fuese.

–No suelo salir con hombres.

–Me cuesta creerlo.

–Pues créalo, porque es la verdad.

–Pues, en este caso, deberías hacer una excepción –murmuró él.

Lily lo miró fijamente a los ojos oscuros, sus palabras eran como dedos que acariciasen de forma erótica su piel. Debía decirle que no. Sobre todo, porque estaba haciendo que quisiese cosas en las que no quería pensar. Cosas de las que se había olvidado. O, más bien, a la persona de la que se había olvidado. La mujer que había sido antes de que su prometido la dejase. Ciro D'Angelo hacía que desease seguir llevando medias de seda y ropa interior mínima, casi inexistente. Le hacía desear que la acariciase. Le hacía sentir cosas que había olvidado que podía sentir, como placer y deseo, y anhelo. Era como si aquel hombre llevase la palabra «peligro» escrita en la frente.

–No sé –dijo.

Ciro sonrió. Le encantó verla dudar. Le encantó.

–Por favor.

–Me pregunto por qué un hombre de negocios tan cosmopolita y exitoso como usted ha comprado una enorme casa en la campiña inglesa.

–¿No lo sabes?

–¿Cómo voy a saberlo? Al parecer, soy la última en enterarme de todo.

Ciro hizo una pausa.

–Tengo planeado convertirla en un hotel.

Lily abrió mucho los ojos. ¿Un hotel?

–¿Va a convertir la Granja en un hotel? –inquirió horrorizada.

–Será un hotel precioso, con mucho gusto –se defendió él–. Como todos mis hoteles. Pregunta por ahí, si no me crees.

Pero el gusto era algo subjetivo, ¿no? Lily se imaginó las habitaciones reformadas y con horribles camas con dosel. Pensó en las moquetas de color beis y en los jarrones con flores que había en los hoteles, que siempre le hacían pensar en un tanatorio.

–¿Y se supone que eso debe tranquilizarme?

A Ciro le entraron ganas de contestarle que él no tenía por qué tranquilizarla, pero la deseaba tanto que decidió hacer caso omiso de aquella impertinencia.

–Si a cambio cenas conmigo, te diré que sí, puedes estar tranquila. Venga, Lily. Solo una noche. Una cena. ¿Qué es lo que te da tanto miedo?

Ella se preguntó qué le diría si le contestaba que «todo». Si le contaba que, en esos momentos, el mundo entero le parecía un lugar aterrador. Que estaba preocupada por el futuro de su hermano. Y que ambos iban a tener que vivir en un apartamento minúsculo.

Pero a pesar de sus miedos se dio cuenta de que se estaba convirtiendo en una persona solitaria. Intentó recordar cuándo había sido la última vez que se había sentido tentada a salir a cenar con un hombre. Su relación con Tom le había hecho daño, sí, pero tal vez sufriese todavía más si se encerraba en sí misma. ¿Cuándo había sido la última vez que había hecho algo atrevido, solo porque sí? ¿Por qué no salir a cenar con Ciro D'Angelo? No iba a ser tan débil como para terminar en la cama con él.

–No me gusta acostarme tarde –le advirtió.

Ciro sonrió triunfante.

–¿Cuál es tu número de teléfono?

–407649 –le contestó.

Él no se molestó en anotarlo. Sacó una tarjeta de su bolsillo y se la dio.

–Te llamaré –le dijo.

Una figura apareció en la ventana. Era una mujer de mediana edad que llevaba varias jarras con mermelada. Ciro fue automáticamente a abrirle la puerta y se dio cuenta de que la mujer lo miraba con curiosidad. Luego salió a la luz del sol emocionado. Por un momento, había pensado que Lily Scott iba a negarse a cenar con él. Por un momento, había saboreado el desconocido sabor de la incertidumbre.

Aunque, ¿acaso no era así como se suponía que debían ser las cosas antes de que la emancipación hubiese hecho que las mujeres fuesen ridículamente fáciles? Antes de que pensasen que ser como los hombres era algo bueno. Antiguamente, los hombres tenían que esforzarse para poder acostarse con una mujer, y aquella era la primera vez que le ocurría a él.

Volvió a mirar por última vez hacia el salón de té, donde vio de nuevo las curvas de Lily cubiertas de rosa en todo su esplendor y sintió todavía más deseo. ¿Era consciente de lo mucho que la deseaba? Apretó los labios y puso un gesto que cualquiera que lo conociese habría reconocido al instante. Un gesto que significaba que iba a conseguir lo que se proponía.

Porque por mucho que intentase resistirse, Lily Scott pronto estaría en su cama.

Al fin y al cabo, solo era humana.

Capítulo 4

HABÍA sido una estupidez aceptar la invitación y Lily no sabía por qué lo había hecho. Debía llamar a Ciro D'Angelo y decirle que había cambiado de opinión. Aunque lo que no sabía era qué excusa ponerle para no parecer una floja.

«Lo siento, Ciro, pero me haces sentir todas las cosas que prometí que no volvería a sentir. Me haces morir de deseo cuando te miro y no puede ser. Ya no».

Pero entonces se le pasó la hora de hacer esa llamada porque su madrastra subió a su habitación y empezó a bombardearla con furiosas preguntas acerca de por qué Ciro la había invitado a salir.

Cuando por fin consiguió deshacerse de ella, Lily se dio una ducha rápida y entonces su hermano llamó desde el internado. Jonny le tenía todavía más cariño a la Granja que ella, pero se pasó toda la conversación asegurándole que estarían bien en el apartamento nuevo y que no tenía de qué preocuparse. Ella pensó que se iba a llevar una buena sorpresa cuando viese el apartamento. No obstante, su valentía había hecho que le entrasen ganas de llorar.

Cuando colgó el teléfono eran casi las ocho y solo le dio tiempo a pintarse los labios y a recogerse el pelo rápidamente. Dudó acerca de qué ponerse, pero terminó decidiéndose por un vestido que siempre le subía el ánimo. Era estilo años cincuenta y le sentaba muy bien, de color azul y con un escote generoso, pero como le llegaba a los tobillos no resultaba demasiado atrevido. Y eso era importante esa noche. No quería que Ciro D'Angelo se equivocase con ella. No quería que pensase que iba a caer rendida a sus pies como las demás.

Oyó su coche en el camino poco después de las ocho y tomó el bolso. Su madrastra la esperaba enfadada al lado de la puerta, como un perro guardián.

–¿Sabes qué clase de hombre es? –inquirió.

–Estoy segura de que tú vas a decírmelo –respondió Lily.

–Es un multimillonario famoso en todo el mundo por sus sofisticadas conquistas. ¡Un hombre que sale con modelos y herederas! ¿Dónde encajas tú en ese mundo, Lily? –le dijo, pasándose la mano por la minifalda–. Además, se acerca más a mi edad que a la tuya.

Lily abrió la puerta y se preguntó qué edad tendría Ciro. ¿Treinta y pico? Suzy acababa de cumplir los cuarenta. Se estremeció al pensar en su bella madrastra pasando las uñas rojas por el pelo moreno de Ciro. Sintió náuseas.

–¿Qué intentas decirme?

–¡Que está fuera de tu alcance! –exclamó Suzy, haciendo un esfuerzo por sonreír–. Te lo digo por tu propio bien, Lily. No quiero que te hagan daño.

–Por supuesto que no –le dijo esta en voz baja antes de cerrar la puerta tras de ella.

Con piernas repentinamente temblorosas, fue hasta donde Ciro estaba saliendo del coche. Y a pesar de sus dudas acerca de los motivos de su madrastra, entendió lo que Suzy había querido decirle. ¿Fuera de su alcance? Con aquel traje caro y la piel dorada por el sol parecía haber caído de otro planeta.

No obstante, no le parecía el hombre seductor que Suzy le había descrito. De hecho, la estaba mirando con una increíble sonrisa en los labios.

–*Dio, quanto sei incantevole* –murmuró mientras le abría la puerta del coche.

Ella se sentó.

–¿Te das cuenta de que estoy en desventaja porque no hablo italiano y no entiendo nada?

Él dudó solo un instante.

–Quiere decir que estás... muy guapa.

Ella pensó que con su mirada no la había hecho sentirse solo guapa, sino deliciosa y peligrosamente sexy. Se alisó el vestido con recato sobre las rodillas mientras él cerraba la puerta.

–Gracias.

Él se sentó a su lado.

–He dejado el techo bajado, ¿no te importa? A algunas mujeres no les gusta despeinarse.

Lily intentó tranquilizarse y negó con la cabeza.

–Me he puesto tantas horquillas que haría falta un tornado para despeinarme.

Ciro la miró con curiosidad.

–¿Nunca llevas el pelo suelto?

–Casi nunca. Es tan espeso que me molesta.

–Ya.

De repente, Ciro se la imaginó con aquella cascada de pelo sobre los pechos desnudos y sintió un deseo casi insoportable. Hizo un esfuerzo por pensar en otra cosa que no fuesen sus pezones y le preguntó:

–¿Has decidido dónde vas a vivir?

Lily sonrió con tristeza. Dicho así, parecía que tuviese cientos de lugares entre los que elegir.

–Voy a mudarme al apartamento que hay encima del salón de té en el que trabajo.

–¿Y cómo es?

Ella se preguntó cómo reaccionaría si le contestaba que como una caja de zapatos.

–Ah, es muy cómodo para ir a trabajar –respondió con estoicismo–. Hace un par de años que está vacío y habrá que decorarlo un poco. Quiero que parezca hogareño cuando Jonny venga la semana que viene.

Ciro agarró el volante con fuerza.

–¿Jonny?

–Mi hermano.

Su hermano. Ciro no se habría sentido mejor ni aunque le hubiesen dicho que sus acciones habían multiplicado por cuatro su valor.

–¿Tu hermano?

–Sí, está en un internado, pero vendrá a casa el próximo fin de semana. Todavía no ha visto el apartamento y quiero alegrarlo un poco antes de que llegue.

–¿Cuántos años tiene?

–Dieciséis.

–¿Y no tenéis...?

–No, no tenemos padres –respondió rápidamente Lily, anticipando su pregunta–. Están muertos.

–Lo siento.

–Así es la vida –comentó ella, con la vista clavada en la carretera–. ¿Y tú?

–Mi madre todavía vive. En Nápoles. Mi padre... falleció hace mucho tiempo.

Lily notó la amargura de su voz y se contuvo para no hacerle ninguna pregunta.

–Ya ves, todo el mundo tiene una historia.

–Supongo que sí –respondió Ciro.

No estaba acostumbrado a tener una conversación tan íntima con una mujer con la que ni siquiera se había acostado. Y la idea de acostarse con ella volvió a excitarlo de nuevo.

–¿Por qué no te relajas y disfrutas del paseo?

Lily intentó hacerlo, pero no era fácil. Quería fingir que aquella era su vida. Quería olvidar la realidad de su nuevo hogar y las preocupaciones acerca de Jonny. Y quería dejar de sentir aquella fuerte atracción por aquel peligroso napolitano.

–¿Adónde vamos? –le preguntó.

–A un lugar llamado The Meadow House. ¿Lo conoces?

–¿Al hotel?

–Sí.

Lily volvió a estirarse el vestido.

–¿Te alojas allí?

–Umm. No quería volver a Londres después de la cena y, además... –dijo, mirándola por el retrovisor– me lo voy a tomar como una misión. Quiero ver cómo es la competencia local. Acaban de contratar a un cocinero parisino con una estrella Michelin y quiero ver qué tienen en la carta.

A Lily no le interesaba lo más mínimo la comida, ni el cocinero, y sospechaba que a Ciro, tampoco. Porque dijese lo que dijese, lo cierto era que la estaba llevando a su hotel. ¡Y era evidente que pretendía acostarse con ella!

Bajó la vista a sus poderosos muslos, a las manos fuertes y bronceadas que acariciaban el cuero del volante como si fuesen la piel de una mujer. ¡Por supuesto que esperaba acostarse con ella! Era un italiano con sangre en las venas y la atracción entre ambos había sido evidente desde el principio. ¡No se la iba a llevar a su hotel a charlar!

Pero a Lily le decepcionó que fuese a hacerlo de manera tan... obvia. A pesar de tener dudas acerca de la cita, había esperado que al menos se comportase como todo un caballero. ¿De verdad pensaba que se iba a acostar con él solo porque había aceptado que la invitase a cenar? Si era así, iba a llevarse una buena sorpresa.

Perdida en sus pensamientos, Lily casi no se fijó en lo que la rodeaba hasta que el coche se detuvo en el aparcamiento trasero del hotel, junto a otros coches caros. Siguió a Ciro hasta la recepción, donde todo el mundo parecía conocerlo, y luego los condujeron al jardín que había en la parte de atrás.

Allí, las mesas estaban puestas de tal manera que parecía que hubiesen improvisado un picnic. El sitio tenía un aire bohemio que contrastaba con la cubertería y las copas, en tono rubí, esmeralda y ámbar. El ambiente olía a jazmín y había velas por todas partes.

A pesar de sus reservas acerca de aquella velada, o de que su llegada hubiese despertado el interés de los demás comensales, Lily miró a su alrededor encantada.

–Oh, es precioso –comentó en voz baja.

–¿No habías venido nunca?

–No, nunca.

Ciro oyó un toque de nostalgia en su voz mientras se sentaba y, una vez más, se preguntó por qué a veces parecía tan perdida. Como si de repente se encontrase sola en el mundo, con un montón de problemas sobre los esbeltos hombros. ¿Qué habría ocurrido para que fuese así? Esperó a que les hubiesen tomado nota y a tener champán en las copas para apoyar la espalda en la silla y observarla.

Las luces de las velas hacían sombras en la pálida piel de su delicioso escote.

–Bonito vestido –murmuró.

–¿De verdad?

–De verdad. Y bonito color. ¿Lo compraste a propósito para que hiciese juego con tus ojos?

Lily sonrió. Había comprado la tela porque estaba muy barata.

–La verdad es que no lo he comprado, me lo he hecho yo.

–¿Te haces la ropa?

–Pareces sorprendido.

–Lo estoy –admitió Ciro, bebiendo un sorbo de agua para aliviar la repentina sequedad de su garganta–. No suelo encontrarme con mujeres tan hábiles, ni tan trabajadoras.

–¿No? –preguntó Lily sin poder evitarlo–. ¿Y con qué clase de mujeres sueles encontrarte?

Hubo unos segundos de silencio durante los que Ciro consideró la pregunta. Pensó en mujeres que eran la antítesis de aquella dulce criatura. Pensó en Eugenia, con su impecable pedigrí y su bella y calculada expresión. Y miró a Lily a los ojos y no hubo otra cosa en el mundo más que ella.

–Con ninguna que importe –respondió–. Ya llega la comida.

El camarero les llevó unos platos con rodajas de calabacín salpicadas de queso de cabra, todo artísticamente dispuesto, y Lily lo miró y se preguntó si sería capaz de hacerle justicia, ya que casi no tenía apetito. Tal vez a Ciro le ocurriese lo mismo, a juzgar por la manera en la que estaba comiendo.

Ninguno de los dos se terminó el plato, que fue reemplazado por otro con pescado y verduras, y Lily se obligó a comer un poco más. Después de masticar un bocado, levantó la vista y vio que Ciro la estaba observando.

–¿Tengo espinacas entre los dientes? –preguntó.

Él negó con la cabeza.

–Tienes los dientes perfectos. Es solo que siento curiosidad por ti.

Ella apartó el plato y tomó su copa de vino.

–¿En qué aspecto?

–Quiero saber por qué vas a dejar la Granja para irte a vivir al apartamento que hay encima del salón de té con tu hermano.

–Porque mi padre no hizo testamento.

–¿Por qué?

Lily agarró la copa con fuerza.

–Porque se casó después de que mi madre muriese... con una mujer mucho más joven que él. Y supongo que... estaba demasiado ocupado con ella como para acordarse de poner los papeles al día. Aunque casi no tuvo tiempo. Solo llevaban diez meses casados cuando le dio un infarto.

–Lo siento –le dijo Ciro sin más.

La comprensión de su voz hizo recordar a Lily algo que prefería olvidar. La imagen de su padre con la mano en el pecho, con el rostro pálido, bañado en sudor. Los gritos histéricos de su madrastra retumbando en el salón. Después de haberle pedido a Suzy que llamase a una ambulancia, Lily había hecho lo que había podido, pero había sido en vano. Su título en primeros auxilios no le había servido para resucitar a su padre, que tenía un considerable sobrepeso. Y Tony Scott había fallecido allí mismo.

Lily se llevó la copa de champán a los labios y dio un buen trago.

–Cosas que pasan –comentó en tono neutro–. No se puede cambiar. Suzy se ha quedado con todo y yo tengo que aceptarlo.

Ciro frunció el ceño. Lily no parecía resentida con su destino.

–Entonces, ¿no tienes ingresos?

–Sí –respondió ella, poniéndose a la defensiva–. Tal vez no esté a tu altura, pero gano dinero con mis tartas y pasteles, y trabajando de camarera, por si se te había olvidado.

Ciro se contuvo para no contestarle que eso no era ganar dinero.

–Es admirable, encontrar a una mujer tan trabajadora –le dijo con toda sinceridad.

–En cualquier caso –continuó ella, queriendo cambiar de tema–, ya hemos hablado suficiente sobre mí. Tú sí que eres un hombre misterioso del que no sé nada.

–Me sorprende que no me hayas buscado.

–¿Dónde?

–En Internet.

Ella lo miró con curiosidad.

–¿Es eso lo que suele hacer la gente?

–Sí –admitió Ciro, encogiéndose de hombros–.

Hoy en día es muy fácil obtener información, el único problema es que no toda es verídica.

Lily oyó una nota de cinismo en su voz y pensó que aquel debía de ser uno de los inconvenientes de ser poderoso, que despertabas el interés de la gente. Y que todo el mundo sabía más de ti que tú de ellos.

–Ni siquiera tengo ordenador –admitió.

–Eso sí que no me lo puedo creer –respondió él sonriendo.

–¡Es la verdad! No me gusta perder el tiempo mirando una pantalla, ni con esas tonterías de las redes sociales, habiendo cosas tan maravillosas en el mundo real.

Él se echó a reír y una pareja que había sentada en una mesa cercana los miró con envidia.

–¿Eres de verdad, Lily Scott? –le preguntó en voz baja.

Ella se sintió desorientada. Su dulce y oscura mirada la hacía sentirse débil y vulnerable. Y la ponía tensa.

–Por supuesto que sí –le respondió–. Pero ¿qué debo saber de ti antes de que invadas la Granja con tus máquinas excavadoras?

–Al parecer, hay muchas ideas equivocadas acerca de los promotores –replicó él–. La gente piensa que lo único que hacen es destruir.

–¿Cuándo en realidad crean maravillosos ambientes en los que pretenden fomentar el aumento de la población de mariposas?

–No tengo pensado echar la casa abajo, Lily.

–¿De verdad que no?

Ciro la miró a los ojos.

–De verdad que no. Quiero mantener el edificio, restaurarlo para que recupere su esplendor original y convertirlo en un hotel. El tipo de hotel en el que la gente paga mucho dinero para poder disfrutar de la tranquilidad y los lujos.

Lily lo miró fijamente. No le alegraba saber que su casa iba a convertirse en un hotel. Que la gente iba a alojarse en la habitación en la que ella había nacido, pero, si su madrastra iba a venderla de todos modos, tal vez no estuviese tan mal en manos de Ciro D'Angelo.

–Eso no suena tan mal –admitió con cautela.

–Me alegra contar con tu aprobación –le dijo él muy serio.

–Yo no diría tanto. Y sigues sin hablarme de ti.

–¿Qué quieres saber exactamente, *dolcezza*?

Lily quería saber cómo eran sus besos.

–¿Tienes hermanos?

–No.

O cómo era estar apretada contra su fuerte cuerpo.

–¿Hermanas?

–No.

Haciendo un esfuerzo, Lily apartó aquellos pensamientos de su mente.

–¿Tuviste una... niñez feliz?

Ciro frunció el ceño y se preguntó si debía contarle directamente la verdad. Que había pasado mucho tiempo solo, esperando a oír los tacones de su madre en las escaleras de mármol. Conteniendo la respiración hasta descubrir si llegaba sola o acompañada. Se encogió de hombros.

–No estuvo mal.

–¿No estuvo mal? –repitió ella.

–¿Hemos venido a cenar o a hacer terapia? –preguntó él con gesto imperturbable.

–Lo siento, no pretendía entrometerme –respondió Lily en voz baja.

Pero Ciro ya lo sabía.

–Estamos hablando de algo que ocurrió hace mucho tiempo, algo en lo que prefiero no profundizar. En el fondo, solo necesitas saber que soy un chico de Nápoles.

Lily se echó a reír.

–Claro.

Él se inclinó hacia delante.

–Que está deseando besar a la mujer que tiene enfrente.

Lily dejó su copa por miedo a que se le cayese.

–Para –le susurró.

–¿Por qué? ¿Tan malo es decir en voz alta lo que ambos llevamos pensando toda la noche?

–No tienes ni idea de en qué estoy pensando yo, Ciro.

–Eso no es cierto. He estado observándote y no puedes cambiar la manera de mirarme, ni la reacción de tu cuerpo. Sé que me deseas, Lily, tanto como yo a ti. Creo que te he deseado desde que te vi con ese delantal de flores.

Lily lo miró con el corazón acelerado. Su expresión hacía que sintiese un delicioso calor por todo el cuerpo, pero, de repente, tenía miedo. Lo que su madrastra le había dicho acerca de Ciro era verdad. Salía con modelos y actrices. Era un hombre rico y poderoso. Procedía de un mundo diferente al suyo.

Sonrió.

–Ha sido un día muy largo –dijo–. Y estoy cansada. Creo que debería marcharme a casa.

–Por supuesto –respondió él, imperturbable.

Vio cómo Lily se relajaba y no se arrepintió de darle la razón sin estar de acuerdo. No quería retenerla allí por la fuerza. No quería llevársela a su habitación y atarla a la enorme cama. Solo quería besarla. Después de aquello, Lily dejaría de resistirse. Era inevitable.

En esa ocasión, no la llevó a través de la recepción del hotel para volver al coche, sino que señaló un camino en el que olía a hierba recién cortada.

–¿Adónde vamos? –preguntó ella.

–He pensado que a una mujer que disfruta con el mundo real le gustaría volver al aparcamiento por un camino más bonito.

Después, Lily se arrepentiría de no haberle dicho que prefería volver por recepción, pero los árboles iluminados que estaba señalando Ciro eran demasiado bonitos como para resistirse. Y el camino hizo que se sintiese como si estuviese entrando en un mundo mágico. Si hubiese estado allí en otro momento y con otra persona, lo habría disfrutado más.

Pero mientras caminaba, se dio cuenta de que casi no podía respirar. Todo su cuerpo deseaba que Ciro la tocase. Que cumpliese la erótica promesa que le había hecho con sus manos y con su boca.

Se alegró, y se entristeció al mismo tiempo, al ver su coche deportivo. Ciro se inclinó a abrirle la puerta y, de repente, se detuvo y dijo en voz baja:

–Lily.

Solo eso. Si hubiese dicho algo más inteligente o más insinuante, ella se habría enfriado, pero, con aquello, lo miró a los ojos y supo que estaba perdida.

Y Ciro D'Angelo debió de saberlo también, porque hizo un suave ruido con la garganta y luego la tomó entre sus brazos y empezó a besarla.

Capítulo 5

FUE un beso sin igual, que hizo que Lily se tambalease y desease más. Al principio Ciro jugó con sus labios y luego le metió la lengua provocadoramente dentro de la boca. Fue una penetración tan íntima que a Lily se le doblaron las rodillas.

Él la agarró por la cintura con una mano, enterró la otra en su pelo y siguió besándola. La apoyó contra el coche y Lily se sintió atrapada, sin poder salir de allí, aunque aquella fuese una trampa de la que ninguna mujer habría deseado escapar.

Lily notó el coche frío en la espalda y a un hombre muy excitado en su pecho. Notó la presión de su cuerpo contra ella, se dio cuenta de que estaba encendido, pero supo que podía estarlo mucho más, que se estaba controlando.

Y no pudo evitar responder. Hacía mucho tiempo que no la besaban y sintió que no había en el mundo una sensación igual. Se le había olvidado lo fuerte y dulce que podía ser la pasión, que podía hacer que todo lo demás se volviese completamente intrascendente. Aquel beso hizo que se le olvidasen todas sus preocupaciones, hasta que solo quedaron ella y él, y un deseo cada vez mayor.

Abrió más la boca y Ciro gimió, como si le hubiese gustado la idea.

Y Lily pensó que no debía estar haciendo aquello, mucho menos con él.

Hizo un gran esfuerzo y apartó los labios de los suyos, lo miró aturdida.

Ciro intentó recuperar el aliento y supo que debía llevarla a su habitación antes de que las cosas se le fuesen de las manos. Antes de desabrocharse el pantalón, arrancarle las braguitas y hacerle el amor allí mismo, encima del coche.

Metió la mano por debajo del vestido y le acarició un pezón endurecido.

–Vamos a mi habitación –le dijo–, antes de que salga alguien y nos encuentre aquí.

Ella tragó saliva. Las caricias de Ciro estaban haciendo que se estremeciese de placer. ¡Y tenía su erección pegada al vientre!

Él le había pedido que fuesen a su habitación. ¿Qué implicaría eso? Pasar por delante del personal del hotel y sentirse muy avergonzada a la mañana siguiente. ¿Qué estaba haciendo?

Puso las manos en el pecho de Ciro y lo apartó.

–Ni lo sueñes –le dijo.

Ciro frunció el ceño y, por un momento, pensó que era una broma, pero luego la vio apretar los labios con determinación.

–¿No quieres hacer el amor conmigo? –le preguntó.

–¿Hacer el amor? –replicó ella–. ¿Así lo llamas a tener sexo al aire libre, contra un coche?

A Ciro aquella acusación le pareció un poco injusta, teniendo en cuenta que Lily había participado en el beso de buen grado, pero su indignación pronto se vio reemplazada por otra ola de deseo. De repente, no quiso verla enfadada, fulminándolo con la mirada. Quería volver a tenerla dulce y complaciente. Quería llevársela a su habitación y desnudarla muy despacio. Tumbarla en la cama y explorar su cuerpo con los ojos, con las manos y con la boca. Quería separar sus muslos y entrar lentamente en su calor.

–Es verdad que nos hemos dejado llevar –le dijo.

Lily sacudió la cabeza, incapaz de creer lo que había hecho.

–¿Puedes llevarme a casa, Ciro? Si no, entraré al hotel y pediré un taxi.

Ciro frunció el ceño con frustración. ¿Acaso Lily no se daba cuenta de que estaba rechazando a un hombre que tenía fama de ser uno de los mejores amantes de Italia?

–Por supuesto que voy a llevarte a casa –le dijo, abriendo la puerta del coche–. Y no te preocupes, que no estoy tan desesperado como para tirarme encima de una mujer que me ha dicho que no.

Lily asintió, agradecida por no tener que llamar a un taxi. ¿Qué pensarían entonces en recepción?

–Gracias –le contestó con voz tensa, deseando que no le importase tanto lo que pensasen los demás.

Pero lo cierto era que le importaba. Tal vez fuese consecuencia de cómo la había dejado su novio para casarse con otra. Aquello había afectado y seguía afectando a su comportamiento. Se abrochó el cinturón de seguridad y miró hacia delante.

Ciro se sentó delante del volante y cerró el techo del coche mientras le daba vueltas a la cabeza. De repente, se sentía perdido, y eso no le ocurría nunca. Nunca había dudado acerca de cómo comportarse con una mujer, salvo, tal vez, cuando había perdido la virginidad con quince años. E incluso en esa ocasión se había sentido como pez en el agua.

Aquellos pensamientos no saciaron su sed sexual, pero le hicieron entrar en razón. ¿No era horrible que le sorprendiese que, por una vez, una mujer se comportase como una señora? ¿Acaso no admiraba en parte a Lily por haberlo rechazado?

Giró la cabeza hacia ella y la vio mirando al frente.

–Tengo la sensación de que estás esperando que me disculpe por lo que acaba de ocurrir.

–Ha sido un error lamentable –le contestó ella con tranquilidad–. Es todo.

Ciro se agarró al volante, incapaz de creer lo que acababa de oír, si no se hubiese sentido tan frustrado hasta se habría echado a reír. ¿Un error lamentable? ¿Hablaba en serio? A juzgar por la expresión de su rostro, sí.

–¿Y siempre participas con tanto entusiasmo en los errores lamentables? –le preguntó con frialdad.

–Tal vez me haya dejado llevar por alguien con mucha más experiencia que yo.

Seguro que había dicho aquello como una crítica, pero Ciro asintió satisfecho al darse cuenta de lo que significaba. ¡Por supuesto que tenía más experiencia que ella! Solo una mujer inocente, o con mucha experiencia, habría actuado con semejante pasión para después mostrarse tan ofendida, y evidentemente no era lo segundo.

Sus pensamientos fueron entonces hacia otra sorprendente dirección. La velada le había resultado muy divertida, salvo el frustrante final. Le había gustado hablar con ella. Lily quería ir despacio, ¿qué había de malo en eso? ¿Acaso no era lo que solía hacer la gente en el pasado?

Imaginó lo que sería tener que esperar para acostarse con una mujer. Tener que contener el deseo sexual que iba creciendo en su interior. ¿No tendría después como recompensa el sexo más sensacional del mundo?

El coche entró en el largo camino de grava que llevaba a la Granja y Ciro la vio mirar hacia las ventanas del piso de arriba, donde la luz estaba encendida, y ponerse tensa. ¿La pondría nerviosa que su madrastra siguiese levantada, esperándola? Si era así, tal vez lo mejor era haberla llevado a casa. No sería bueno para su reputación haberlo hecho al día siguiente por la mañana, con Lily vestida de la misma manera que la noche anterior...

–Para aquí mismo, por favor –le pidió esta.

Ya se había desabrochado el cinturón de seguridad e iba a abrir la puerta.

–No te preocupes, no te voy a morder –le contestó él.

Lily pensó que era una ironía que le dijese aquello, cuando estaba deseando que le mordisquease los pechos endurecidos.

–Muchas gracias por la cena –añadió–. Me lo he pasado muy bien.

Ciro rio. Desde luego, era una mujer única. A pesar de la frustración, la novedad de la situación lo tenía entusiasmado. ¿Cuántas veces le había dicho una mujer que no, habiendo la química que había entre ambos? Ninguna. Lo normal era que viese a una mujer, la desease y se acostase con ella. Salvo en esa ocasión.

–Entonces, ¿cuándo vamos a volver a vernos?

Lily tardó un segundo en girarse a mirarlo. Sabía que sería una locura volver a ponerse en una situación igual. Sabía que era peligroso, que corría el riesgo de que la volviesen a rechazar. Y no estaba segura de poder ser lo suficientemente fuerte como para controlarse si volvía a verlo. Sobre todo, si Ciro utilizaba sus encantos napolitanos para debilitarla. Incluso en esos momentos tenía que hacer un enorme esfuerzo para no lanzarse a sus brazos y perderse en la pasión de sus besos.

Check Out Receipt

Chicago Lawn
312-747-0639
http://www.chipublib.org/chicagol
awn
Friday, April 14, 2017 12:40:23 P
M

76906

Barcode: R0445926897
Due Date: 5/5/2017
Comment:

Barcode: R0445849980
Due Date: 5/5/2017
Comment:

Barcode: R0428396403
Due Date: 5/5/2017
Comment:

Thank You!

–Nunca –le respondió en voz baja.

Ciro arqueó las cejas con incredulidad.

–¿Perdona?

Ella se humedeció con la lengua los labios resecos.

–Que no vas a volver a verme nunca.

–¿Por qué no?

–Porque no creo que sea tu tipo de mujer.

Él la traspasó con su mirada oscura y brillante.

–¿No crees que debería ser yo quien decidiese eso?

–No –respondió Lily con firmeza, diciéndose que no podía permitir que su capacidad de persuasión le hiciese cambiar de opinión–. Creo que en estos momentos no estás pensando con claridad. Vivimos en mundos diferentes, Ciro, y tú lo sabes. Tú eres un hostelero internacional de Nápoles. Y yo... una muchacha de pueblo que hace pasteles y se gana la vida trabajando de camarera. Tal vez nos encontremos alguna vez cuando empieces la reforma de la casa, pero, si lo hacemos, lo mejor será que nos sonriamos educadamente y que cada uno siga su camino.

Ciro sacudió la cabeza. ¿Sonreírse educadamente? ¿Seguir cada uno su camino? ¿Es que Lily no sabía la clase de hombre que era? Cuando sonreía a una mujer era porque quería acostarse con ella. Aun así, no se sintió indignado al oír aquello, sino que pensó que tenía que ser el destino. Y también era un reto. ¿De verdad pensaba Lily que iba a aceptar un no por respuesta cuando la deseaba más de lo que había deseado a ninguna otra mujer?

No obstante, Ciro supo lo que había en juego en esa ocasión. Supo que debía esperar al momento adecuado para actuar. ¿Acaso no era eso lo que hacía en los negocios? Salió del coche para abrirle la puerta y le tendió la mano para ayudarla a salir. Ella dudó un instante y separó los labios cuando sus manos se tocaron, como si una corriente eléctrica acabase de sacudirla. Lo mismo que a él. Ciro pensó que tenían una química única. Deseó volver a besarla y recordarle lo que se estaba perdiendo antes de volver a subirse al coche y marcharse de allí.

Pero Lily le estaba haciendo reaccionar de una manera nueva. Volvió a verla mirar hacia las ventanas iluminadas y deseó protegerla.

–Lily –le dijo en voz baja.

Ella entrecerró los ojos y lo miró con cautela. La última vez que había dicho su nombre así se había perdido entre sus brazos.

–¿Qué?

–Será un placer ayudarte a hacer la mudanza. Solo tienes que avisarme y haré todo lo que pueda por ti. Te lo he dicho antes y mi ofrecimiento sigue en pie.

Ella asintió, estaba demasiado tocada como para hablar y, de repente, se sentía tremendamente triste. No podía permitir que Ciro la viese despidiéndose de su anterior vida. Se obligó a sonreír.

–Es todo un detalle por tu parte, Ciro, pero prefiero hacerlo sola.

Él apretó los puños, frustrado.

–¿Tu madrastra se va a marchar a vivir a Londres?

Ella asintió.

–Eso es.

–Entonces, ¿te vas a quedar aquí sola?

Lily pensó que no era el momento de decirle que nunca había podido contar con Suzy. Que hacía mucho tiempo que estaba sola. Era el momento de convencerlo de que estaba bien así, aunque no lo creyese.

–Estaré bien.

Se giró para marcharse, pero Ciro la agarró por la muñeca. Se dio cuenta de que tenía el pulso acelerado y el deseo de abrazarla fue casi insoportable, pero luchó contra él, tal y como había estado haciendo toda la noche.

–Prométeme una cosa –le pidió.

Ella rio un instante.

–No puedo prometerte nada hasta que no sepa qué vas a pedirme.

Ciro sonrió, él habría contestado exactamente lo mismo, dadas las circunstancias. Era una chica de pueblo, pero no tenía nada de tonta.

–¿Todavía tienes mi tarjeta?

Lily asintió, pensando en la tarjeta de color crema que llevaba en el bolso.

–*Bene*. Entonces, quiero que me prometas que, si tienes algún problema, con el apartamento o con tu hermano, o con lo que sea, me llamarás y permitirás que te ayude. ¿Lo harás, Lily?

Ella dudó. En esos momentos, Ciro parecía simbolizar todas las cosas que no tenía en la vida: fuerza, poder y seguridad. Si se hubiese tratado de cualquier otra persona, habría aceptado su ayuda, pero sabía que Ciro solo se estaba ofreciendo a ayudarla por un motivo: para conseguir que se acostase con él.

Agarró el bolso con más fuerza antes de contestar:

–Te lo agradezco mucho, Ciro, pero ya te he dicho que no puedo aceptar tu ayuda, y te lo he dicho de verdad. Gracias otra vez por la cena y buenas noches.

Y, dicho aquello, se alejó, consciente de que él seguía allí mirándola, porque no oyó el ruido de la puerta del coche. Solo oyó ulular a un búho a lo lejos.

De hecho, no oyó el ruido del coche en el camino de gravilla hasta que no hubo llegado a su habitación, por suerte, sin que Suzy la oyese. Hasta que no se había quitado ya el vestido azul y lo había tirado al suelo con descuido, cosa que no hacía nunca.

Una vez en ropa interior, se miró en el espejo de cuerpo entero y se llevó una mano al pecho para agarrárselo como Ciro se lo había agarrado un rato antes. Cerró los ojos y recordó el placer.

Fue entonces cuando oyó su coche en el camino.

Capítulo 6

LILY se estaba lavando la cara con agua helada cuando oyó el timbre de la puerta. Se quedó inmóvil y pensó en no responder, pero luego se dijo que seguro que era Fiona. Su jefa era la única persona que había ido a verla desde que se había mudado al apartamento. Nadie más había estado allí, salvo su hermano y...

Contuvo una estúpida lágrima, se secó las manos y fue hacia la puerta. No tenía sentido esconderse y aislarse todavía más. Abrió la puerta y contuvo la respiración al ver quién había al otro lado. Estaba despeinado e iba vestido con una camiseta oscura y unos pantalones negros que se le ceñían a las piernas.

–Tú –susurró, con el corazón acelerado al recordar su beso en el aparcamiento.

Recordó cómo le había apretado el pecho y cómo le había acariciado el pezón con el dedo pulgar. Durante unos segundos, había conseguido que volviese a sentirse como una mujer. Y ella lo había deseado, lo había deseado tanto que todavía tenía aquel momento grabado en la mente.

–Yo –dijo él, frunciendo el ceño al ver que Lily tenía el rostro lleno de churretes y los ojos rojos e hinchados.

–¿Quién te ha dejado entrar?

–La otra camarera. Danielle, creo que se llama, pero eso no importa. ¿Qué ha pasado?

–Nada.

–Pues a mí no me lo parece –respondió él en tono irónico–. Has estado llorando, Lily.

–He estado llorando. ¿Y qué? ¿Tenía que haberte pedido permiso para hacerlo?

Ciro frunció el ceño al ver que sentía un deseo incontenible de protegerla. Quería apretarla contra su pecho y decirle que no llorase, que él iba a secar sus lágrimas y a arreglarlo todo.

–¿Puedo entrar? –le preguntó.

Lily iba a decirle que no, pero se dio cuenta de que no era necesario, porque Ciro ya había entrado. Y era un error. Un enorme error. El apartamento le había resultado minúsculo con su hermano allí el fin de semana, pero Ciro hacía que pareciese de juguete.

–¿Esto es todo? –inquirió él con incredulidad.

Ella pensaba lo mismo acerca del tamaño de su nueva casa, pero le molestó oír el comentario, ya que se había pasado tres días enteros decorándola antes de que llegase Jonny. Le había dado dos capas de pintura blanca para que pareciese más amplia. Había colgado espejos por todas partes. Y en el poco espacio que había disponible, había colocado varias macetas y algunas fotos de familia. Hasta había comprado cojines para el sofá-cama nuevo. Pero sus esfuerzos no habían tenido ningún resultado. El apartamento seguía pareciendo igual de pequeño.

No obstante, Jonny no se había quejado. Y ella casi había deseado que lo hiciese. Se le había roto el corazón al verlo tan valiente con tan solo dieciséis años. Le habían entrado ganas de llorar, de protestar contra un destino que le había robado gran parte de la niñez. Y después de que Jonny se marchase otra vez al internado, había encontrado la carta arrugada que se le había caído de la mochila, y había sido entonces cuando se había puesto a llorar.

–Esto es todo –respondió, deseando que Ciro no le pareciese tan fuerte y no sentirse ella tan débil–. ¿Qué quieres?

¿Qué quería? Era una pregunta difícil de contestar. ¿Qué le diría Lily si le contaba que había estado esperando que lo llamase? ¿Que no había dejado de mirar su teléfono móvil, esperando ver un mensaje que no había llegado? Había pensado que Lily no podría resistirse a volver a él, que cuando se diese cuenta de que se estaba privando de un inmenso placer, entraría en razón e iría directa a su cama. Pero no lo había hecho. No había tenido noticias de Lily Scott, solo silencio.

Había esperado y esperado. Hasta que no había podido aguantar más y había ido a verla, pensando que solo quería encontrar la manera más rápida de llevársela a la cama, pero ya no estaba tan seguro, después de verla con los ojos hinchados sintió algo a lo que no estaba acostumbrado. Era como si quisiera cuidarla y protegerla de cualquier problema que pudiese presentársele en la vida. Frunció el ceño. ¿Qué le estaba pasando?

–¿Vas a contarme por qué has llorado? –le preguntó.

Lily bajó la vista al suelo y se tragó las lágrimas que se le agolpaban en los ojos.

–No es asunto tuyo –murmuró.

–Lily.

Al ver que no respondía, Ciro volvió a decir su nombre.

–Lily. ¿Puedes mirarme, por favor?

Ella levantó la vista muy a su pesar.

–¿Qué?

–¿Por qué has llorado?

Lily podía darle una lista entera de motivos. Porque no era divertido vivir al lado de una ruidosa taberna. Porque estaba agotada después de la mudanza. Porque había sido una pesadilla conducir la camioneta que había alquilado y llegar allí y que todo el mundo la viese. Pero lo peor había sido enterarse de que todos los sueños de su hermano iban a desvanecerse por la falta de dinero.

Sacudió la cabeza con miedo a volver a ponerse a llorar, con miedo a venirse abajo delante de él. Quería mantener los labios apretados y negarse a responder, pero había algo en él que se lo impedía.

Era como si estuviese decidido a quedarse allí hasta que se lo contase.

Así que se encogió de hombros.

–Es solo que la mudanza ha sido más difícil de lo que pensaba. Ha sido muy duro despedirse de la Granja, y todavía peor tener que traer las cosas aquí.

Su madrastra se había llevado todo lo que había de valor en la casa, y los muebles que habían quedado eran demasiado grandes para llevarlos a un apartamento tan pequeño.

Lily había conseguido conservar el antiguo escritorio de su madre y el cuadro de un barco que había adornado el despacho de su padre y que la había fascinado desde pequeña. Aparte de eso, no había podido llevarse casi nada. En su nuevo salón solo había un viejo sillón, una mesa que era demasiado grande y el nuevo sofá cama, en el que Jonny casi no cabía. Miró a Ciro desafiante, como si la culpa fuese suya. Y lo era. Si no hubiese comprado la Granja, nada de aquello habría ocurrido.

–Y mi hermano ha estado aquí este fin de semana –continuó.

–¿Jonny?

A Lily le sorprendió que recordase su nombre y eso hizo que se sintiese todavía peor, que tuviese otra vez ganas de llorar.

–¿Lily?

–¡No! –protestó ella, limpiándose el rostro con el puño cerrado–. No... es nada. Lo solucionaremos.

–¿El qué?

–No importa.

–Por supuesto que importa –replicó él muy serio, apoyando las manos en sus hombros y llevándola hasta el sofá para que se sentase.

Después, fue hacia la cocina.

–¿Qué estás haciendo? –inquirió ella.

–Voy a prepararte un té. ¿No es lo que hacéis los ingleses siempre que tenéis problemas?

El comentario, realizado con su profundo acento napolitano, habría hecho sonreír a Lily en otras circunstancias, pero nunca había tenido menos ganas de sonreír que en esos momentos y se estaba sonando la nariz cuando Ciro volvió poco después con una bandeja.

La dejó en la mesa y miró a Lily.

–¿Qué le ha pasado a tu hermano que te ha hecho llorar?

Lily se dejó caer en el sofá, agotada, y vio cómo Ciro le servía un té demasiado flojo. Deseó poder contárselo. No sabía si era porque llevaba demasiado tiempo tragándoselo todo y tenía la sensación de que iba a explotar. O porque Ciro parecía que no iba a marcharse hasta que no le hubiese dado la información que quería.

–Le han ofrecido una plaza en la escuela de arte.

–¿Y no es una buena noticia? –preguntó él con el ceño fruncido–. No es el trabajo más rentable de cara al futuro, pero si tiene talento...

–¡Sí, tiene talento!

Lily sacudió la cabeza con frustración.

–Pero no es una buena noticia –añadió.

–¿Por qué no?

Ella lo miró fijamente. ¿De verdad no lo entendía? ¿Tenía que explicárselo todo? Tal vez fuese una vulgaridad hablarle de su precaria situación económica a un hombre tan rico, pero sabía que era demasiado tarde para contenerse, que había llegado demasiado lejos y necesitaba contárselo a alguien.

–Porque cuesta dinero estudiar en Londres. Un dinero que no tenemos.

–¿No tenéis nada ahorrado? ¿No tienes acciones? ¿Algo?

–Ya lo habría utilizado si lo tuviese. Cuando te conté que mi madrastra lo había heredado todo, quería decir todo.

Hubo un momento de silencio durante el que Ciro se lamentó de no haber entendido bien a Lily antes. Debía de haber estado distraído con sus pechos, o con el sensual mechón de pelo que le caía sobre la mejilla. O no se había molestado en darle más vueltas. Sabía que, si su madrastra no le hubiese vendido la Granja a él, habría encontrado otro comprador, pero también era consciente de que, dado su estado emocional, Lily podía pensar que era en parte responsable de que su hermano no pudiese cumplir sus sueños.

¿Qué iba a hacer al respecto? Tenía recursos más que de sobra para ayudarla, aunque, hasta el momento, se hubiese empeñado en rechazar su ayuda.

Ni siquiera había querido que le prestase un camión para hacer la mudanza.

Era una mujer muy testaruda y orgullosa. Al parecer, prefería luchar de manera independiente a aceptar su ayuda. No pudo evitar compararla con las demás mujeres a las que había conocido. En concreto, pensó en Eugenia, y su insaciable hambre por todas las cosas materiales. Y mientras miraba a Lily Scott a los ojos enrojecidos, se dio cuenta de que no podían ser más diferentes.

El vestido de flores le dejaba las rodillas al descubierto y tenía los hombros caídos, en esos momentos parecía tan joven y vulnerable, que Ciro volvió a sentir que estaban predestinados. Se acercó al sofá, se sentó a su lado y vio la duda en sus ojos.

Le puso un brazo alrededor y la acercó a él.

–Ven aquí –le dijo.

–No –susurró ella con poca convicción, porque lo cierto era que le encantaba estar cerca de él, sentir el calor de su poderoso cuerpo.

Salvo que en esa ocasión no era el sexo lo que la había llevado allí, sino algo igual de potente. La seguridad. Y el consuelo. Era la sensación de que nada podría hacerle daño mientras estuviese cerca de Ciro. Se sentía protegida a su lado y la sensación era demasiado buena. Quería enterrar la cabeza en su pecho, como un pequeño animal que acabase de encontrar un lugar en el que refugiarse, pero se resistió y se quedó donde estaba.

–¿Por qué no me has pedido ayuda, Lily? –le preguntó él–. Te dije que solo tenías que llamarme.

Ella sacudió la cabeza.

–Ya sabes por qué no lo he hecho.

Ciro la abrazó, el rostro de Lily quedó cerca de su cuello y él se dio cuenta de que estaba conteniendo la respiración por si la apartaba. Sintió el delicioso calor de su respiración en la piel y se dio cuenta de una verdad muy amarga. Sí, sabía por qué no le había pedido ayuda, porque había pensado que él reclamaría algo a cambio. Sexo. Cerró los ojos un instante. ¿Era eso cierto? ¿Se había ofrecido a ayudarla de corazón, o porque quería acostarse con ella?

De repente, se sintió enfadado consigo mismo. Después de años durante los que había conocido a mujeres que solo querían acostarse con él o sacarle dinero, por fin había conocido a una diferente. Una mujer que trabajaba duro por un sueldo mínimo y que anteponía las necesidades de su hermano pequeño a las suyas. No se había acostado con él a pesar de la química que había entre ambos. No lo había llamado por teléfono, ni lo había perseguido. No había provocado un encuentro casual.

Se había comportado como una señora desde el principio, mientras que él se había acercado a ella con la delicadeza de un soldado caliente que llevase meses sin estar cerca de una mujer. Notó el susurro de su respiración en la piel, suave y rítmico, como un bálsamo caliente. Recordó la primera vez que la había visto, sudorosa y sonrojada por haber estado cocinando. Y se la pudo imaginar dándole el pecho a un niño. A su hijo. Se la imaginó como a una madre ejemplar. Representaba un mundo seductor, pero inocente, que él nunca había conocido y, de repente, se dio cuenta de que podía ser suyo. Ella podía ser suya.

Por un momento, se quedó inmóvil. Luego la agarró de la barbilla para que lo mirase.

–Creo que voy a tener que casarme contigo –le dijo.

Lily parpadeó y lo miró con incredulidad. Por un momento, pensó que lo había oído mal, pero se dio cuenta de que estaba muy serio.

–¿Te has vuelto loco? –le preguntó en un susurro.

–Tal vez –admitió él, encogiéndose de hombros–. Últimamente me ha costado pensar con claridad, pero es posible que sea así como se siente uno cuando conoce a una mujer distinta a todas las demás.

–¿Qué estás diciendo, Ciro?

–Estoy diciendo que tengo la solución a todos tus problemas, que creo que vas a tener que casarte conmigo, Lily –le contestó, pasando un dedo por sus labios temblorosos–. Deja que cuide de ti... y de tu hermano. No tiene por qué privarse de estudiar arte, no tendrá que preocuparse de nada.

Lily intentó decirse a sí misma que aquello no podía ser verdad. Intentó luchar contra ello, más como mecanismo de defensa que otra cosa, pero la proposición de Ciro era demasiado tentadora y no solo porque pudiese cambiar el futuro de Jonny, sino por mucho más. Supo que aquel hombre podía tener un gran impacto tanto en sus emociones como en sus finanzas.

–Dime que no lo dices de verdad –le dijo, intentando hablar en tono de humor–. O te has dado un golpe en la cabeza, o has estado bebiendo.

Él rio con suavidad.

–Ninguna de las dos cosas. Lo digo de verdad. ¿Sabes por qué? Porque me emocionas, Lily. Me emocionas de una manera en la que ninguna otra mujer me había emocionado. Admiro tu prudencia y tu orgullo. Y me gusta que te negases a acostarte conmigo la otra noche.

–Supongo que no estás acostumbrado a que te rechacen, ¿no?

–No –admitió él–. Ninguna mujer había desperdiciado la oportunidad de tener sexo conmigo. Solo tú. Y tus valores a la antigua usanza han despertado algo fundamental en mí, algo que he descubierto que es importante. Ya ves, eres la primera mujer que conozco que tiene todas esas virtudes y por eso quiero que te cases conmigo, Lily. Conviértete en mi esposa y te daré todo lo que necesitas.

Ella sacudió la cabeza, distraída.

–No sabes qué necesito.

–Por supuesto que sí, *dolcezza*. Necesitas a un hombre que te cuide. Que te mantenga y que ayude a tu hermano a alcanzar su sueño. Y tú... –dijo, tomando su rostro con ambas manos, consciente de que Lily lo miraba con cautela–. Tú puedes darme exactamente lo que necesito.

Ella lo miró a los ojos y se estremeció de deseo.

–¿Y qué es lo que necesitas?

Ciro se encogió de hombros, como si estuviese reconociendo en silencio que sus ideas estaban pasadas de moda. Eran pocos los hombres que admitirían lo que él estaba a punto de admitir.

–Quiero una mujer tradicional. Alguien que cree un hogar para mí. Que me esté esperando en casa al final del día, que no pelee por marcharse a trabajar todas las mañanas y esté demasiado cansada para la hora de la cena. Quiero a alguien que respete su cuerpo lo suficiente como para cuidarlo, como tú. Te quiero a ti, Lily –le dijo–. He querido que seas mía desde que te vi en la cocina. Me iba acercando a ti, pensando que en cualquier momento me despertaría de aquel sueño, pero según iba avanzando me iba dando cuenta de que estaba despierto. Vi que tenías harina en la nariz y quise limpiártela. Y cuando me miraste a los ojos fue como un rayo. Había oído hablar de ello a algunos hombres, pero pensaba que no era posible sentirse así. Al menos, que yo no podría sentirme nunca así.

–¿Como un rayo? –le preguntó ella, confundida.

–En Italia decimos un *colpo di fulmine*. Literalmente, como si me hubiese caído un rayo. Es lo que te ocurre cuando ves a una mujer y sientes algo aquí. Aquí –le explicó, llevándose la mano al pecho–. En el corazón.

Lily comprendió la importancia de lo que Ciro le estaba diciendo y quiso creerlo, pero estaba demasiado asustada para hacerlo. No obstante, ella también lo había sentido, había sentido una enorme conexión con aquel extraño moreno del jardín y se le había encogido el corazón. ¿Y no parecía simbolizar Ciro todo lo que siempre había deseado en un hombre? Sí. El único motivo por el que había puesto distancia entre ambos era que le asustaba cómo podía hacer que se sintiese.

Sabía por experiencia que los sentimientos te hacían vulnerable. Que podían romperte el corazón y hacerte sufrir. Se había quedado destrozada después de que su prometido saliese repentinamente de su vida y había jurado que no volvería a ocurrirle. Además, la proposición de Ciro solo podía ser un capricho. ¿Cómo iba a querer casarse con ella si casi no la conocía? La deseaba y quería controlarla. Quería tenerla en su cama, fuese cual fuese el precio.

A regañadientes, se apartó del calor de sus brazos y lo miró a los ojos.

–Es un ofrecimiento increíble –dijo muy despacio–, pero también es una locura. No puedo hacerlo. No puedo casarme contigo, Ciro. Y cuando lo pienses un poco, verás cómo me das las gracias por no hacerlo.

Capítulo 7

PERO Ciro no le dio las gracias por haberlo rechazado. Todo lo contrario, su negativa a casarse con él hizo que la desease todavía más, hasta el punto de obsesionarse con ella. Por primera vez desde que era adulto, había encontrado algo que no podía conseguir. Una mujer que era lo suficientemente fuerte como para resistírsele. Y lo estaba volviendo loco.

Pensó en Eugenia. La bella y de alta cuna Eugenia, con la que todo el mundo había pensado que se casaría. Incluso él lo había pensado hasta que se había dado cuenta de que su amor por el dinero y el poder eclipsaba los valores que a él le importaban de verdad. Recordó el momento que había significado el final de su relación, cuando otra mujer había coqueteado con él en una fiesta. Eugenia se había dado cuenta, por supuesto, pero en vez de mostrar indignación, le había dicho que ella podía ser muy madura en la relación si él también estaba dispuesto a ser comprensivo. Que, si él quería ir por el mal camino, ella estaba dispuesta a hacer la vista gorda a cambio de algún regalo caro.

La visión de futuro de Eugenia se parecía mucho a lo que él había vivido en su casa de niño y que siempre le había provocado náuseas. Ciro había roto con Eugenia esa misma noche y había sido entonces cuando había empezado a desear encontrar a una mujer decente e inocente. El cínico que había en él había pensado que jamás la encontraría, pero lo había hecho. Lily Scott era la personificación de todo lo que había soñado encontrar en una mujer. ¡Y lo había rechazado!

Decidió que tenía que conseguir que cambiase de idea. Al fin y al cabo, siempre le habían gustado los retos.

Le envió flores. Un ramo de flores blancas que olían muy bien, acompañadas de una tarjeta escrita a mano que rezaba: *¿Cenarás conmigo si te prometo que me portaré bien?*

Más tarde, Lily le había confesado que la nota la había hecho sonreír, pero, al parecer, no había tenido prácticamente más motivos para hacerlo en toda la semana. Durante la cena, esa misma noche, le contó a Ciro que su hermano había vuelto al internado y que iba a rechazar la plaza en el colegio de arte. Se dio cuenta de que Lily estaba luchando por contener sus emociones, y se sintió muy frustrado, sabiendo que podía solucionar el problema de su hermano en un abrir y cerrar de ojos. Aunque también sabía que no podía ayudarla si ella no estaba dispuesta a aceptar su ayuda.

Lily le contó más cosas acerca de su vida en la

Granja y Ciro se dio cuenta de lo difícil que debía de haber sido vivir con su avariciosa madrastra, que se había convertido en la señora de la casa. Incluso le contó que Suzy se había llevado cosas que pertenecían a su padre y que tenían que haber sido para Jonny. Ciro notó que le temblaba la voz y ella le explicó cómo habían desaparecido las perlas de su madre. Un bonito y valioso collar que había estado en la familia de Lily durante generaciones.

–A ver si lo he entendido bien, Lily –le dijo él muy despacio, mirándola fijamente a los ojos azules–. ¿Me estás diciendo que tu madrastra te ha robado un collar de perlas?

Ella negó enseguida con la cabeza.

–Supongo que no puede decirse que las haya robado. Se las ha llevado a Londres...

–¿Y tú no vas a volver a verlas?

Ella se mordió el labio inferior.

–Bueno, supongo que no –admitió.

–Entonces, se trata de un robo –dijo Ciro enfadado.

Los dos días siguientes se los pasó en Londres y, al volver, llamó a Lily por teléfono y le preguntó si quería acompañarlo a un concierto en los jardines de una abadía cercana. Ella aceptó y Ciro tuvo la sensación de que lo había echado de menos casi tanto como él a ella.

Se sintió muy satisfecho mientras se preparaba para la velada y hasta la buena temperatura pareció estar de su parte. Hacía una noche mágica de verano, la enorme luna brillaba en el cielo.

Comieron chocolate y bebieron champán y, durante el descanso, Ciro sacó una caja de piel del fondo de la cesta de mimbre.

–¿Qué es? –le preguntó Lily.

–Si te lo dijera, estropearía la sorpresa. Venga, ábrela.

Lily se puso nerviosa mientras abría la caja. Levantó la tapa y se quedó aturdida al ver su contenido: el collar de perlas que había pertenecido a su madre. Por un momento, le temblaron tanto las manos que la caja se le escurrió y tuvo que agarrarla Ciro. Este sacó el collar y se lo puso al cuello, rozándole la piel con sus dedos calientes.

–Oh, Ciro –susurró Lily.

Alargó la mano para tocar el collar y, por un momento, recordó a su madre con él puesto, guapa y elegante antes de que la enfermedad empezase a deteriorarla. Con lágrimas en los ojos, miró a Ciro y tardó unos segundos en poder hablar.

–¿De dónde lo has sacado?

–¿Tú qué crees?

–¿De Suzy?

Ciro asintió.

–¿Te lo ha dado? –preguntó Lily sorprendida.

Él se resistió a la tentación de contarle que había pagado un precio muy alto por el collar. Que Suzy Scott le había pedido una cifra muy alta porque se había dado cuenta de por qué lo quería.

–Sí, me lo ha dado –respondió–. Y yo se lo estoy devolviendo a su dueña por derecho.

–Oh, Ciro.

Lily intentó encontrar las palabras para darle las gracias, pero no fue capaz, solo pudo tragar saliva de manera compulsiva al darse cuenta de la importancia de lo que había hecho. Había sido un gesto maravilloso.

–Y sé que es una sinvergonzonería hacer esto en un momento de tanta emoción, pero, como a veces puedo llegar a ser un completo sinvergüenza –le dijo, tomando su mano y pasándose los dedos por los labios–, voy a pedirte que te cases conmigo.

–Ciro...

–Podría darte un centenar de razones para que lo hagas, para empezar, porque puedo ayudar a tu hermano a cumplir su sueño, financiándole los estudios en la escuela de arte.

–Ese es otro golpe bajo –le dijo ella, temblando al notar cómo le acariciaba el dedo corazón con la lengua.

Él la miró a los ojos.

–Pero hay muchas otras. La primera, probablemente, es que me muero por besarte.

Lily tragó saliva e hizo acopio de valor para decirle la verdad.

–Yo creo que esa también sería mi primera razón.

Ciro le soltó la mano para inclinarse a darle un beso en los labios y notó cómo se estremecía. Enterró los dedos en su moño y la besó como no había besado a ninguna otra mujer antes. La oyó gemir, notó que se le abrazaba al cuello y se le aceleró el corazón. Solo rompió el beso cuando empezó a sentirse aturdido de no respirar y entonces la miró a los ojos, que estaban brillantes.

–Necesito que te cases conmigo –insistió.

Y Lily supo que no podía poner más excusas. Que sería una locura decirle que no, por mucho que quisiera hacerlo. Pensó que le resultaría fácil querer a un hombre como Ciro. Muy fácil.

–Yo también necesito que te cases conmigo –admitió ella, con la voz temblorosa de la emoción.

Capítulo 8

TENGO miedo –dijo Lily.

Miró su imagen en el espejo y luego, a su amiga Danielle a los ojos a través del reflejo.

–Sé que es una tontería, pero tengo miedo –añadió.

–¿Por qué? –le preguntó Danielle pacientemente.

Lily tocó el exquisito velo que flotaba sobre sus hombros y la mujer del espejo imitó el movimiento. Se preguntó si era una locura admitir que se sentía perdida en Il Baia, el enorme hotel que Ciro tenía en Nápoles y donde Danielle y ella se habían alojado los días previos a la ceremonia que iba a tener lugar en unos minutos. No supo cómo explicar que aquella bella ciudad y el idioma que le era desconocido habían resultado impactantes para alguien que apenas había salido de Chadwick Green. Era como si acabase de darse cuenta de la riqueza y el poder que tenía Ciro y no supiese si iba a ser capaz de estar a la altura. En la pasión del momento, le había sido demasiado fácil acceder a casarse con él, pero una vez allí, no estaba seguro de poder ser su esposa.

Se encogió de hombros y la delicada tela del corpiño susurró sobre sus hombros.

–No me imagino viviendo aquí, en Nápoles.

Su amiga le ajustó la corona de rosas blancas que llevaba en el pelo.

–Oh, Lily –le dijo–. Todo cambiará con el tiempo. Tienes que darte una oportunidad. Es normal que estés nerviosa.

Lily se preguntó si era cierto. Las perlas de su madre brillaban suavemente en su cuello y el corazón le latía a un extraño y nuevo ritmo al mirarse en el espejo y verse vestida de novia. ¿Todas las novias se sentían así? Era probable que no, porque la mayoría de las novias conocían a su futuro marido mejor de lo que ella conocía a Ciro.

Había pensado que después de acceder a casarse con él, Ciro querría consumar su relación, pero no había sido así. Quería esperar a la noche de bodas. Le había dicho que le encantaba que ella lo hubiese rechazado, que eso la diferenciaba de las demás mujeres a las que había conocido, que era un reto tener que esperar. Y que su deseo por ella crecía con el paso de los días.

El juego casi había terminado y esa noche era la gran noche, pero Lily tenía un mal presentimiento. Tenía la sensación de que algo iba a fallar. ¿Sería porque todavía no había tenido el valor necesario para hablarle de su relación con Tom, aunque Tom ya no importase? Había ido posponiéndolo y posponiéndolo, para no estropear los días previos a la boda. Y en esos momentos tenía la sensación de que ya era demasiado tarde. Se suponía que la novia no podía ver a su marido hasta que llegase al altar. Así que, ¿qué podía hacer? ¿Mandarle un mensaje al teléfono móvil diciéndole que ya había estado prometida una vez?

–No sé si voy a ser capaz, Dani –le dijo a su amiga.

–Por supuesto que sí –le contestó su amiga sonriendo–. Porque en una iglesia cerca de aquí te espera un hombre con el que cualquier mujer querría casarse. Piénsalo así. Estás en una ciudad preciosa, en un hotel de cinco estrellas increíble que, casualmente, pertenece al hombre con el que vas a casarte. Estás en Nápoles y vas a casarte con uno de sus habitantes más famosos. Es normal que estés asustada, pero es que tienes motivos para estarlo.

–¿Los tengo?

–¡Por supuesto! Porque eres una extraña aquí y vas a tardar un tiempo en acostumbrarte a todo.

Lily volvió a tocarse el collar de perlas.

–Creo que no le gusto a su madre.

–¿Por qué no?

Lily recordó cómo había reaccionado Leonora D'Angelo cuando Ciro se la había presentado. La frialdad con la que le había dado dos besos antes de mirarla de arriba abajo. Se había sentido como un gigante torpe en comparación con aquella mujer tan elegante.

Todo en el piso napolitano de Ciro le había parecido tan frágil que había tenido que moverse con cuidado por miedo a romper alguna valiosa antigüedad. Y le había parecido que había una notable falta de afecto entre madre e hijo. Por un momento, eso la había asustado y no sabía por qué.

–Creo que no le parezco bien –admitió.

–¡Qué alivio! –exclamó Danielle sonriendo–. A ninguna madre le gusta la novia de su hijo, ¡eso es normal! Siempre tienen celos. ¿Qué te dijo?

Lily bajó la vista a la sortija de zafiros y diamantes que Ciro le había regalado. No podía echarle la culpa a la barrera del idioma porque la madre de Ciro hablaba inglés tan bien como su hijo. El caso era que la sensación había sido negativa, y no solo por la actitud de Leonora D'Angelo.

El primo de Ciro, Giuseppe, que iba a ser el padrino, también parecía tener dudas. Ciro le había contado que estaban muy unidos, que eran más como hermanos que como primos, pero, durante la cena, el guapo Giuseppe no había dejado de estudiarla, como si quisiese entenderla. ¿O se lo había imaginado con los nervios?

–¿Me estás diciendo que quieres que vaya a hablar con Ciro? –le preguntó Danielle preocupada, mientras se acercaba a la ventana–. ¿Y que le explique, delante de los doscientos invitados que estarán en la iglesia, que has cambiado de idea acerca de casarte con él?

Durante unos segundos, Lily se imaginó la escena en su cabeza. Y entonces se echó a reír porque era ridículo. ¿Acaso no era aquello con lo que había estado soñando desde que había visto a Ciro por primera vez? ¿No era aquel el resultado de semanas de frustración y años anhelando tener a alguien a quien amar? Alguien que parecía necesitar todo el amor que pudiese darle, porque Ciro D'Angelo era en el fondo un hombre solitario. Un hombre que parecía tenerlo todo, menos lo que el dinero no podía comprar.

–No, no he cambiado de idea, Dani. Y tienes razón. Son solo los nervios, que me hacen olvidar lo afortunada que soy.

Se puso en pie y las capas de tul blanco cayeron al suelo con suavidad.

–Vamos. Tenemos que marcharnos ya porque no sé si en Italia la novia debe llegar tarde o no, y mi hermano nos está esperando muy nervioso en la habitación de al lado.

Lily estaba demasiado nerviosa y emocionada para fijarse en lo que la rodeaba mientras iban en el coche a la iglesia, que estaba muy cerca del hotel, y solo oyó a medias los comentarios de Danielle y de Jonny, pero cuando el coche se detuvo delante de la iglesia, tuvo la sensación de que iba a encontrarse con su destino.

Llegó hasta la puerta y, de repente, todo se quedó en silencio antes de que el órgano empezase a sonar. Por un momento, fue consciente del enorme paso que iba a dar, pero se dijo que era normal sentirse así. Porque era importante. Era uno de los días más importantes de su vida.

Se alisó el velo, entrelazó el brazo con el de Jonny y empezó a avanzar lentamente por el pasillo, consciente de que era el centro de la atención de todas las personas que había en la iglesia, la mayoría extraños para ella. Pero en su línea de visión solo había una persona. Alguien que lo dominaba todo. Que había dominado su vida desde que había entrado en ella en un soleado día de verano.

Estaba muy guapo, imponente, vestido de novio. Casi parecía un hombre diferente, un hombre al que Lily no conocía en realidad. Él estaba en su casa allí. Se sentía cómodo rodeado de aquella gente elegante y sofisticada, mientras que ella era una inglesa pálida que no conocía a nadie. Le dio un vuelco el corazón y pensó que no iba a ser capaz de hacerlo, tropezó un instante y Jonny la miró con preocupación.

«Es Ciro», pensó, sintiendo un suave placer al acercarse a él mirándolo a los ojos. El hombre al que había aprendido a admirar y a respetar. El hombre que le había devuelto las perlas de su madre y que le había dicho muy serio que sería horrible que su hermano no realizase sus sueños. El hombre que tantas cosas había hecho para conseguir que estuviese allí con él. Su querido Ciro.

–¿Estás bien? –le preguntó en silencio.

Y ella asintió y le dio la mano.

La ceremonia tuvo lugar en ambos idiomas y Lily consiguió repetir los votos sin atrancarse, aunque le temblaron las manos cuando Ciro le puso la alianza. Y entonces el sacerdote los declaró marido y mujer y la congregación empezó a aplaudir, y Ciro acercó su rostro al de ella, sonriendo.

–Estás preciosa –le dijo en un murmullo.

–¿De verdad?

–Más que preciosa. Pareces una flor. Suave, pura y blanca.

–Oh, Ciro –susurró ella.

Él sonrió y le dio un beso breve y apasionado al mismo tiempo. Tenía que pasar el desayuno y la recepción antes de poder estar a solas como marido y mujer. Y Ciro había esperado demasiado tiempo y quería disfrutar de ella de verdad.

–Vamos con nuestros invitados –le dijo.

La recepción y la noche de bodas tendrían lugar en Il Baia, donde todo el mundo intentaba complacer a Ciro. Lily le había preguntado si no prefería pasar esa primera noche en un lugar donde no lo conociese nadie, pero él le había dicho que no.

–Podremos irnos de la recepción cuando queramos –le había contestado–. Y el hecho de que el dueño del hotel pase su noche de bodas en él, le dará muy buena publicidad.

Por la tarde, a Lily ya le daba igual dónde estuviesen, solo estaba desando estar a solas con él. Le dolía la cara de tantas fotografías, le había dado la mano a cientos de personas y casi no había probado bocado. Había intentado no sentirse abrumada con los amigos de Ciro, que eran muchos en comparación con los suyos. Y había intentado no sentirse insegura frente a todas las bellas mujeres que hablaban de manera tan expresiva, moviendo las manos sin parar.

Al menos Jonny parecía estar divirtiéndose con un grupo de primos jóvenes de Ciro, y a Danielle la estaban sacando mucho a bailar. Y Fiona Weston estaba comiendo un postre llamado *sfogliatella*, e intentando adivinar la receta.

Eran las nueve cuando Ciro la agarró por la cintura.

–Creo que ya va siendo hora de que te lleve a la cama –murmuró–. ¿Qué te parece, *signora* D'Angelo?

Ella se apoyó en sus fuertes hombros, emocionada al pensar que era la mujer de Ciro y, de repente, dejó de tener dudas. Por primera vez en mucho tiempo, tenía a alguien en quién apoyarse. Alguien que la cuidaría, del mismo modo que ella a él. Alguien a quien podría amar y apoyar. Un compañero en todas las acepciones del término.

–Estoy de acuerdo –le respondió.

–Entonces, desaparezcamos... sin que nadie se dé cuenta.

Un ascensor de cristal los condujo hasta la suite nupcial, que estaba situada en el último piso del hotel. Al entrar, Lily vio un enorme salón con elegantes sofás, bonitos centros de flores y una cubitera con champán. La terraza estaba llena de flores y tenía unas impresionantes vistas a la bahía y al monte Vesubio.

–Es como mirar una fotografía de una guía de viajes –exclamó al ver el volcán.

Pero se olvidó de las vistas y del lujo en cuanto su marido la tomó entre sus brazos y empezó a besarla.

–Tengo la sensación de haber esperado eternamente a que llegase esta noche –admitió Ciro.

–Yo también –le dijo ella–. Y ya ha llegado.

–Ya ha llegado –repitió él–. ¿Estás nerviosa?

Ella pensó en la experiencia de Ciro. En lo que podía esperar de ella. Y volvió a sentirse incómoda al preguntarse otra vez si debía de habérselo contado, pero no podía hacerlo en esos momentos.

–Un poco –le dijo con toda sinceridad.

–Es normal, pero no te preocupes, que yo te enseñaré –le aseguró él sonriendo–. ¿Te apetece una copa de champán?

Cada vez más nerviosa, Lily negó con la cabeza y se quitó con cuidado la corona de rosas y el velo que todavía llevaba sujetos a la cabeza. Lo dejó en el respaldo de una silla y lo miró. ¿Era una locura pensar que solo quería que aquello pasase lo antes posible, para después poder relajarse y disfrutar del resto de la luna de miel y de su vida juntos?

–¿Podemos irnos directamente a la cama, Ciro? –espetó–. Por favor.

La momentánea sorpresa de Ciro se vio eclipsada por una profunda satisfacción. Timidez y deseo, ¿acaso podía haber una combinación más perfecta?

–Oh, Lily –murmuró–. Mi bella e inocente novia, por la que he esperado más que con ninguna otra mujer.

Ignorando su pequeño grito de protesta, la tomó en brazos y la llevó al dormitorio, donde la dejó en el frío suelo de mármol.

–¿Puedes hacerme un favor? –le dijo él, bajándole la cremallera del vestido y dejándolo caer el suelo.

–Lo que tú quieras –susurró Lily.

Salió del vestido y se quedó delante de él con el sujetador de encaje blanco, las braguitas, las medias con encaje en la parte alta y el liguero. Los tacones blancos le hacían parecer mucho más alta de lo normal y Ciro la miró con deseo.

–Suéltate el pelo –le pidió de repente.

–¿El pelo?

–¿Sabes que todavía no te he visto con el pelo suelto? –le preguntó él–. Y me parece de un gran simbolismo que te lo sueltes esta noche por primera vez.

Ciro tenía los ojos brillantes y la miraba con admiración, como si todo aquello fuese nuevo para él, y lo era. Y ella se dio cuenta de qué era lo que hacía que el matrimonio fuese algo tan especial y profundo. Ciro nunca había hecho aquello antes, ni ella tampoco. Hacerle el amor a su esposo, una palabra antigua, pero, en esos momentos, Lily se sentía antigua. Y así era como a Ciro le gustaba, ¿no?

Se llevó la mano al moño, se quitó la primera horquilla y la dejó en una mesa que tenía cerca mientras el primer mechón de pelo caía sobre su hombro. Ciro contuvo la respiración mientras se quitaba la segunda horquilla, y la tercera, e iba liberándose toda la melena.

Cuando Lily terminó, tenía la garganta seca y le iba a explotar la bragueta. Parecía una diosa. Una criatura que representase los campos y la cosecha, con aquella preciosa melena de color trigo.

–¿Me prometes una cosa? –le pidió.

Ella lo miró a los ojos y sonrió.

–Ya sabes lo que opino de las promesas, Ciro.

–Sí, pero esta será muy fácil de cumplir, *dolcezza mia*. Prométeme que nunca te cortarás el pelo.

Ella dudó un instante. Así dicho, era como si su larga melena fuese lo que la definía, y eso hizo que se sintiese un poco incómoda, pero Ciro la estaba mirando con tal apreciación que tuvo que asentir.

–De acuerdo, te lo prometo –le contestó.

–*Mille grazie* –murmuró él, acercándola y tomando su rostro con ambas manos para besarla.

La besó hasta que la oyó gemir, hasta que notó que se le doblaban las rodillas, y entonces la tomó en brazos y la tumbó en el centro de la cama, le quitó los zapatos y los tiró al suelo. Por un momento, pensó en dejarla con la provocativa ropa interior. Lo habría hecho si se hubiese tratado de cualquier otra mujer, pero Lily no era una más de su larga lista de amantes que siempre intentaban complacerlo. No necesitaba ver su cuerpo curvilíneo revestido de pequeñas prendas de seda y encaje, quería verla desnuda. Sentirla desnuda. Quería estar todo lo cerca que un hombre podía estar de una mujer. Porque aquella era su mujer.

Llevó la mano a su espalda y le desabrochó el sujetador, y dejó escapar un suspiro tembloroso cuando sus deliciosos pechos quedaron en libertad. Inclinó la cabeza y empezó a lamérselos con la lengua. Luego metió los dedos por las braguitas y se las bajó por los muslos. Fue incapaz de resistirse a acariciarle el clítoris y sonrió al notar cómo ella se estremecía de placer.

–Ciro –le dijo entre dientes, agarrándose con fuerza a sus hombros.

Su pasión le gustó tanto como su cuerpo, pero se dio cuenta de que, aunque por fin la tenía desnuda, él seguía vestido. Así que se apartó de la cama para quitarse la ropa.

–No te muevas –le ordenó–. Tengo que quitarme todo esto.

–No voy a marcharme a ninguna parte –susurró ella.

–Bien –respondió él, desabrochándose la camisa con dedos temblorosos.

A Lily se le aceleró el corazón al ver cómo se desnudaba y tiraba la chaqueta encima de una silla cercana. Pensó que aquella dejadez era poco habitual en él, ya que hasta en vaqueros iba siempre impecable. Tal vez fuese porque era italiano.

–¿No deberías colgarla? –le preguntó, nerviosa, al ver que la camisa caía al suelo.

Él se detuvo antes de bajarse la cremallera del pantalón, la miró y se echó a reír. Después se quitó los pantalones y los calzoncillos.

–¿Crees que en estos momentos soy capaz de hacer otra cosa que no sea esto...? –le preguntó, tumbándose a su lado en la cama y tomándola entre sus brazos.

Esto era un beso. Un beso que pareció durar eternamente. Que hizo que Lily se sintiese aturdida, víctima de sus sentidos. Ciro apartó los labios de los suyos y empezó a acariciarle los pechos. Luego bajó la mano por su vientre plano y Lily abrió los ojos y se dio cuenta de que la estaba observando.

–Oh, Ciro –susurró.

–¿Qué pasa, *angelo mío*? –murmuró él, bajando la mano hasta el interior de sus muslos.

–Ciro, yo...

Él le acarició el clítoris y Lily gimió de placer. Notó cómo todas sus preocupaciones del pasado desaparecían. Solo pudo ver ante ella un maravilloso futuro. Y Ciro era el responsable. Era él quien le había cambiado la vida. Era el hombre que la había ayudado en su peor momento. Había visto algo en ella, algo bueno. Tan bueno, que había querido convertirla en su esposa. Y había conseguido que se sintiese segura. En esos momentos, los nervios de la ceremonia habían pasado y Lily debía concentrarse en todas las increíbles posibilidades del presente. Se sintió agradecida con él y sintió algo más. Algo que llevaba en su interior y que era demasiado importante para contenerlo. Algo que podía darle, con todo su corazón, si se atrevía a sacarlo de dentro.

–¿Ciro?

–¿Qué pasa, *dolcezza*?

–Que... te quiero –susurró ella.

Hubo un silencio.

–Por supuesto –le dijo él.

Y aunque era algo que le habían dicho muchas mujeres en el pasado, a pesar de que siempre le había parecido una frase vacía de significado, su declaración le gustó. Porque era su esposa y debía quererlo. Lo mismo que él a ella, de todas las maneras posibles.

Lily lo estaba besando en la mandíbula cuando Ciro se dio cuenta de que no habían tocado el tema de la contracepción, aunque, por una vez, daba igual. Era su esposa. No pasaba nada porque se quedase embarazada. ¿No se trataba de eso el matrimonio? Se colocó encima de ella y le dio un beso, colocó su erección sobre su vientre y se dio cuenta de que nunca había estado tan excitado. Tanto, que casi le dolía.

–No quiero ponerme protección –le dijo con voz temblorosa–. Quiero sentirte. Solo a ti, Lily. Quiero tener mi piel contra tu piel. Sin barreras, *mio angelo*. Sin ninguna barrera.

–De acuerdo –accedió ella, abrazándolo por la espalda, besándolo en el cuello, inhalando su olor–. No te pongas nada. Solo... hazme el amor, Ciro. Por favor. Porque creo que voy a morirme de deseo.

Ciro se puso tenso un instante. No supo si era la pasión de sus palabras lo que lo había sorprendido, o la asertividad con la que se había expresado. No obstante, supo que debía agradecer que estuviese relajada, porque la tensión era enemiga del placer en una mujer virgen. Le acarició los pechos y luego se colocó entre sus muslos.

–Lily –dijo, penetrándola mientras se miraban a los ojos y disfrutaba del calor y la suavidad de su cuerpo.

–Ciro –respondió ella en un susurro.

La vio cerrar los ojos, notó cómo temblaba mientras empezaba a moverse en su interior, primero despacio, pero cada vez más profundamente. Nunca una mujer le había parecido tan dulce y deliciosa, nunca ninguna lo había excitado tanto.

–¿No te hago daño, verdad? –le preguntó.

Y ella abrió los ojos y notó que Ciro la estudiaba con la mirada, como si quisiese saber cuánto placer le estaba dando. ¿Cómo iba a hacerle daño? Todo lo contrario. Nunca había sentido tanto placer como con su marido. Su querido marido. Se echó a reír y lo abrazó por el cuello al tiempo que se agarraba a su cintura con las piernas.

–¿Daño? –murmuró, empezando a mover las caderas con facilidad–. No, Ciro. Está siendo... increíble.

Él dudó un instante, pero el placer del roce con el cuerpo de Lily pronto hizo que se le olvidase todo. Era una tortura sentir tanto placer y tener que contenerse, pero había oído decir que las vírgenes tardaban más tiempo en llegar al orgasmo. Y quería que su esposa lo disfrutase en su noche de bodas.

Pero entonces se dio cuenta de que se estaba moviendo a su mismo ritmo, como si fuese montada en un caballo. De repente, la vio echar la cabeza hacia atrás y la oyó gemir con fuerza.

Esperó a que hubiese terminado del todo para dejarse llevar también y oyó su propio grito de placer con incredulidad.

Tal vez hubiese seguido sin darse cuenta, al menos, entonces. Estaba tan inmerso en el placer que podía haberse limitado a cerrar los ojos y quedarse dormido, pero Lily empezó a acariciarle los costados con las puntas de los pies con una erógena agilidad que hablaba por sí misma.

El clamoroso placer del orgasmo de Ciro empezó a desintegrarse. Apoyó las manos en las caderas de Lily y la movió ligeramente para poder mirarla a los ojos, pero fue cuidadoso y evitó acusarla. Podía estar equivocado. Ojalá que estuviese equivocado.

–¿Te ha gustado? –le preguntó.

–Sabes que sí –susurrando ella, deseando volver a estar encima de él y besarlo.

Hubo un breve silencio.

–Por un momento, me has hecho pensar que tenías... experiencia.

Dijo la última palabra casi con naturalidad, pero Lily no era tonta y se dio cuenta de lo que Ciro quería decir. Se mordió el labio e intentó encontrar las palabras adecuadas, pero no fue capaz.

–¿La tienes, Lily? –le preguntó él–. ¿Tienes experiencia?

Hubo otro silencio.

–No mucha –admitió ella.

–¿No mucha? –repitió Ciro con incredulidad.

Por un momento, había pensado que estaba equivocado. Que aquello era solo un error de comunicación entre dos personas que hablaban idiomas diferentes, pero la expresión de los ojos de Lily lo sacó de dudas. Desnuda, sin la ropa recatada que daba de ella una imagen de inocencia, Ciro se dio cuenta de que estaba viendo por primera vez a la verdadera Lily. La piel que hasta entonces solo había visto cubierta por ropa era tan cremosa y deliciosa como había imaginado. El pelo que tanto lo había excitado estaba en esos momentos extendido sobre la almohada, tal y como había soñado, pero parecía burlarse de él porque la imagen que Lily representaba solo era una fantasía, y a él se le encogió el corazón al darse cuenta de lo lasciva que parecía.

Pero ¿de qué se sorprendía? ¿Por qué había pensado que era distinta de todas las demás, cuando resultaba que era exactamente igual? Pensó en su propia madre, demasiado centrada en sus propios deseos como para tener tiempo para su hijo, que la esperaba solo en la enorme y fría mansión. Recordó los innumerables miedos que había tenido, despierto en la cama noche tras noche, preguntándose si volvería a casa sola o acompañada. Y recordó a Eugenia, para la que los devaneos sexuales habían sido negociables. ¿Se había engañado con la aparente inocencia de Lily?

Notó cómo se le aceleraba el corazón antes de hacer la pregunta. Sabía que era un idiota, por querer aferrarse a un hilo de esperanza, pero tenía que hacerlo.

–Entonces, ¿eras virgen, Lily? ¿O tu inocencia ha sido solo una farsa?

Capítulo 9

A LILY se le encogió el corazón al oír la acusación de Ciro. La estaba agarrando con demasiada fuerza de las caderas, y no sabía si él era consciente, o si su piel estaba más sensible de lo normal después del increíble orgasmo que acababa de tener. No debía importar que fuese virgen o no, se dijo a sí misma, pero se sintió como una tonta por no habérselo dicho antes. Era mucho peor contárselo en aquellas circunstancias. Ambos estaban desnudos y Ciro la estaba mirando con una expresión que nunca había visto en su rostro y que le habría gustado no volver a ver jamás.

–No, no era virgen, pero... –le contestó, intentando sonreír sin mucho éxito– tú tampoco.

Aquello le sentó como una bofetada, se le secó la garganta.

–No, yo tampoco, pero no he fingido nunca lo contrario. Cosa que tú sí que has hecho.

La apartó de él y la dejó sobre las almohadas antes de levantarse de la cama, como si quisiese poner entre ambos la máxima distancia posible.

–¡Yo no he fingido! –protestó Lily, sintiendo frío al quedarse sola en la cama.

–¿No? –inquirió él enfadado mientras se ponía los calzoncillos–. En cualquier caso, no me has corregido cuando yo he hablado de tu inocencia, Lily. No te has molestado en contarme que habías tenido otros amantes. Te lo has callado, ¿verdad?

Lily se mordió el labio inferior. No lo había corregido por varias razones. Porque sabía que Ciro la había respetado porque ella había mantenido las distancias, que no estaba acostumbrado a que una mujer no quisiera acostarse con él. Y porque no había sido capaz de romper aquella fantasía. Le gustaba cómo la hacía sentirse. Le gustaba demasiado. La hacía sentirse querida, como si no hubiese habido ningún otro hombre antes que él. Y casi era cierto. Tom era solo una sombra en comparación. ¿Sería capaz de hacérselo entender?

–Sé que tenía que habértelo dicho –empezó con cautela–. Ahora lo sé, pero fue tan fácil disfrutar de lo nuestro, que no quería estropearlo.

–Así que has preferido esperar a nuestra noche de bodas para darme la sorpresa, ¿no? Perdóname, pero no pienso que haya sido el mejor momento –comentó él en tono burlón–. ¿Cuántos amantes has tenido, Lily?

Levantó la mano y su alianza brilló, como mofándose de él.

–¿Menos que los dedos de una mano? ¿O unos cincuenta? ¡No me extraña que hayas estado tan bien!

–¡No he tenido amantes, en plural! –exclamó ella–. ¡Sólo ha habido uno antes que tú!

–¿Y se supone que eso debe haberme feliz?

Ella lo miró y no supo qué decir.

–Tú tampoco me has hablado de tus anteriores amantes.

–No te he dado detalles, no, pero tampoco he tergiversado la verdad para que pensases de mí algo que no era.

Lily respiró hondo y supo que tenía que ir al fondo de la cuestión.

–¿Tan importante era para ti mi supuesta virginidad, Ciro? –le preguntó en voz baja.

Hubo un momento de silencio, en el que él la miró a los ojos antes de decir con frialdad:

–Sabes que sí.

Lily tomó la sábana arrugada y se tapó con ella. Y Ciro se dio cuenta de que no era distinta de las demás, capaz de mentir con tal de pillar a un hombre rico.

Eugenia le había dejado claro que podía pasarlo todo, siempre y cuando fuese justamente recompensada, pero, al menos, había sido sincera con él. No había fingido ser dulce e inocente.

–Ciro, vuelve a la cama, por favor.

Él torció el gesto.

–He sido un idiota –comentó–. Un idiota que se ha dejado engañar por tus curvas y por tus sencillos talentos, por tu supuesta inocencia.

Tomó la camisa y se la puso.

–La primera y única mujer que no me ha dejado seducirla. Mi mujer ideal, o eso pensaba.

Lily se estremeció y tendió las manos hacia él en un gesto de súplica.

–Tenía que habértelo contado –admitió mientras veía cómo se ponía los pantalones–, pero no lo hice y tú tampoco me lo preguntaste. Y Tom no...

–¿Tom? –repitió él.

–El hombre con el que iba a casarme.

–¿Ibas a casarte con él?

–Sí, pero canceló la boda porque conoció a otra persona.

–¿Cuándo?

–Dos días antes de que nos casásemos.

Ciro no pudo evitar sentir pena por ella. Y una pequeña voz en su interior lo llamó y le preguntó si aquella experiencia no la habría marcado y habría sido la responsable de la actitud que Lily había tenido con él, pero la sensación de haber sido engañado era tal que no podía prestar atención a aquella voz. El dolor de su corazón era demasiado fuerte para poder perdonarla tan fácilmente.

–¿Y te hacía disfrutar? –le preguntó, acercándose a la cama y cerniéndose sobre ella mientras terminaba de abrocharse el cinturón–. Contéstame, Lily. ¿Te hacía disfrutar? ¿Te hacía llegar al orgasmo solo con tocarte?

Ella supo que tenía que contestar a aquella pregunta con sinceridad. Que, después de aquello, solo podía haber completa sinceridad entre ambos, si quería intentar salvar aquello.

–No creo que tengas derecho a preguntarme algo así –le dijo en voz baja.

Él se dio la vuelta, asqueado consigo mismo, y loco de celos también. Porque lo que había querido oír era que jamás había sentido placer antes de conocerlo a él. Que ningún otro hombre la había hecho gemir de placer. Pero había habido otro, aquel tal Tom. El hombre que la había abandonado. Que le había robado una virginidad que tenía que haber sido suya.

–Tenía que haberle hecho caso a Giuseppe –dijo en tono amargo.

–¿Qué te dijo tu primo? –le preguntó Lily.

Él sacudió la cabeza.

–Que era demasiado bueno para ser verdad, pero yo no le hice caso –añadió, riendo con amargura–. Y me dejé engañar. Parecías tan indignada cuando te besé, cuando en realidad lo estabas deseando.

Ella se llevó una mano a la boca.

–¿Cómo te atreves a decir eso?

–¡Porque es la verdad!

Por desgracia, era la verdad, su inocente Lily había sido solo una ilusión, una mujer que él mismo había creado en su mente. Se puso los calcetines y los pantalones y buscó las llaves del coche.

El ruido del metal hizo que Lily se diese cuenta de lo que estaba haciendo.

–¿Adónde vas? –le preguntó.

–¡Afuera!

–Ciro...

–Antes de que diga o haga algo de lo que pueda arrepentirme después –añadió él, apartando la vista de sus ojos azules, que estaban empezando a llenarse de lágrimas y dejando la suite con un portazo.

Lily se dejó caer sobre las almohadas con la vista clavada en la puerta, rezando porque volviese. Porque la abrazase y le dijese que sentía haber perdido los nervios, que quería olvidar todo lo ocurrido y que empezasen de cero.

Pero, por supuesto, no lo hizo. Los minutos pasaron lentamente hasta hacer una hora, y dos. A través de la ventana abierta, Lily oía la música y las risas. Y supo que, irónicamente, en el piso de abajo estaban celebrando su boda.

Miró el reloj que había colgado de la pared y vio que era más de medianoche. ¿Dónde estaba Ciro? Podía estar en cientos de lugares desconocidos para ella, que sabía muy poco de su vida allí. Y entonces se dio cuenta de lo sola que estaba. Sola en una ciudad extraña, casada con un hombre muy conocido, que la había dejado después de una fuerte discusión.

¿Qué iba a hacer?

Por un momento, agarró la sábana con fuerza y barajó sus posibilidades. Entonces, tomó una decisión motivada por lo que había definido su vida hasta entonces. Algo llamado supervivencia.

¿Iba a quedarse allí, compadeciéndose de sí misma porque Ciro D'Angelo la había juzgado tan mal? De eso, nada. Tomó el teléfono y marcó su número, pero no le sorprendió que saltase el contestador. Le dejó un mensaje en voz sorprendentemente tranquila, diciéndole que no le parecía buena idea que condujese en el estado en el que estaba. Y que por favor le hiciese saber que estaba bien.

Media hora después, le llegó un mensaje de texto de dos palabras: *Estoy bien.*

Y eso fue todo. Lily se quedó en la enorme habitación sin saber dónde estaba, ni cuándo iba a volver. Iba a ser una noche muy larga. No tenía adónde ir ni nadie con quién hablar. Todos sus seres queridos estaban en el hotel, pero no podía ir a ver a Danielle a media noche para contarle que su marido la había dejado sola. Además de la vergüenza que habría pasado, en el fondo esperaba que Ciro volviese más tranquilo y que pudiesen hablar del tema como adultos y solucionarlo.

Sí, se había equivocado al no hablarle de su pasado, pero seguro que Ciro podía entender que se hubiese dejado llevar por el romanticismo y la seguridad que él le había ofrecido. Le había dicho que quería ayudarla y no había parado hasta convencerla de que se casase con él. Su futuro no podía depender de algo tan poco importante como era su virginidad.

Aunque para él lo fuese.

Debió de quedarse dormida, porque cuando despertó había amanecido. Se sentó en la cama despacio y el corazón le dio un vuelco al ver una figura al otro lado de la habitación, observándola en silencio. Se había quitado la chaqueta y estaba descalzo. Tenía la mirada perdida y los labios apretados.

Lily contuvo un escalofrío y se pasó la mano por la maraña de pelo.

–¿Dónde has estado?

–Por ahí.

Ella no reaccionó. Deseó acercarse a él, preguntarle si había buscado refugio en los brazos de otra mujer, alguien que pudiese tranquilizarlo y mostrarse indignada cuando le contase que su mujer lo había engañado, pero supo que el miedo no iba a ayudarla en un momento así. Si quería intentar arreglar las cosas, tenía que estar tranquila. Demostrarle que podía ser fuerte. Y, sobre todo, que le importaba.

–Estaba preocupada por ti.

–¿Por qué?

–Porque te has ido muy enfadado y podías haber tenido un accidente.

–Eso te habría puesto las cosas mucho más fáciles, ¿no?

–¿Más fáciles? ¿Qué quieres decir?

–Que te habrías quedado viuda en menos de veinticuatro horas, y con toda mi fortuna.

–¡Ciro! ¡Eso es horrible!

–La viuda se queda con todo: el dinero, las casas, las acciones. ¿No habría sido la solución perfecta, Lily? Al fin y al cabo, has fingido ser lo que no eras para casarte con un hombre rico. Supongo que cuanto antes te hicieses con mi dinero, mejor.

–Ya basta.

Él sacudió la cabeza.

–Me temo que la culpa de lo ocurrido es solo mía. Por una vez en mi vida, he estado completamente ciego. Tan ciego que he caído directamente en tu trampa. Tenía que haberme dado cuenta de que estabas desesperada por asegurar tu casa y tu futuro...

–Y tú estabas desesperado por ser el primer hombre que tuviese mi cuerpo –replicó ella, incapaz de contenerse.

–Sí, es verdad –admitió él, mirándola fijamente–. Soy un hombre de mundo y suelo darme cuenta de cuándo intentan engañarme, pero tengo que admitir que, contigo, no he podido, Lily. Eras tan... maravillosa. Tan increíblemente dulce. Era como si fuese tu primera vez.

–¡Porque yo también lo sentía así! –protestó ella, poniéndose a temblar–. De verdad que lo sentía así.

–Entonces, ¿por el hombre con el que estuviste prometida no sentiste nada?

Ella se mordió el labio. Habría sido muy fácil decirle que no. Que no había sentido nada por Tom, pero no habría sido cierto. Y no quería que hubiese más mentiras entre ambos. Fuesen cuales fuesen las consecuencias, tenía que decirle la verdad.

–Sí, por supuesto que sí –susurró.

Ciro se levantó de golpe, dolido. Fue hacia las puertas de la espaciosa terraza y pensó que las cosas no tenían que haber salido así. Tenían que haber estado haciendo el amor en esos momentos. Y un rato después, tenían que haber estado desayunando en la terraza, con las vistas más maravillosas del mundo delante de ellos. Después, la habría sorprendido con un viaje en barco por la costa amalfitana.

¿Qué iba a hacer?

Se giró a mirarla y pensó en lo bella que estaba, con los ojos azules brillando. Tenía que decirle que saliese de su vida, que lo dejase en paz, que la recompensaría si el divorcio transcurría con discreción.

Pero su corazón y su bragueta lo estaban aturdiendo. Fue hacia la cama y la vio agarrar con fuerza el albornoz que se había puesto.

–¿Qué estás haciendo? –le preguntó Lily.

–Nada, todavía. ¿Por qué? ¿Qué quieres que haga?

Lily quería que dejase de mirarla así, como si fuese un trozo de carne.

–Quiero que me dejes sola.

–No es verdad.

–Sí.

Lily gritó y cayó sobre las almohadas cuando Ciro se tumbó en la cama y la besó. Ella se lo permitió. Dejó que sus dedos le acariciasen los pechos y se le escapó un traicionero gemido de placer. Todavía podía resistirse. Podía apartarlo antes de que se desabrochase el pantalón. Entonces, ¿por qué lo estaba ayudando a hacerlo? ¿Por qué le estaba bajando los pantalones y los calzoncillos para apretarle con fuerza la curva del trasero? ¿Por qué no hizo nada cuando lo vio ponerse un preservativo?

Lo vio quitarse la camisa y quitarle a ella el albornoz. Notó cómo le separaba los muslos y le dejó que lo hiciera, quería que lo hiciera, estaba tan excitada y tan húmeda que gritó de placer cuando la penetró. Entonces, vio que él se quedaba inmóvil un momento y que inclinaba la cabeza para susurrarle al oído.

–¿Por qué no me demuestras lo que eres capaz de hacer, nena?

Era un comentario imperdonablemente prepotente, dadas las circunstancias, y Lily cerró los ojos e intentó tener el valor de decirle que parase, sabiendo que él lo haría. Pero lo cierto era que no quería que parase. No podía permitirlo. Cuando la penetraba, tenía la sensación de que eran uno solo, ¿o era una sensación puramente física?

Apoyó la mano en su pecho para hacer que se tumbase boca arriba y quedar ella encima. Su pelo cayó hacia delante cuando empezó a moverse, al principio con cuidado, y luego, al oírlo gemir de placer, con más seguridad. Lo apretó con fuerza con los muslos y disfrutó del erótico contraste entre su cuerpo masculino, duro, y el de ella, suave y femenino. Y cuando vio que Ciro empezaba a perder el control, inclinó la cabeza y lo besó. Él apartó la cabeza al principio, pero no tardó en ceder y permitir que profundizase el beso. Poco después la había agarrado con fuerza por las caderas y había llegado al orgasmo dentro de ella.

Lily notó su respiración caliente y entrecortada

contra el cuello y esperó a que los espasmos se fuesen calmando. Estuvieron un rato en silencio, inmóviles, hasta que Ciro se apartó de ella y Lily se sintió decepcionada y se odió por echar tanto de menos tenerlo dentro.

Él se tumbó de lado, se apoyó en el codo y acercándose le susurró casi contra los labios:

–No ha sido justo, solo he disfrutado yo –le dijo.

Ella tragó saliva.

–No importa.

–Claro que importa –le dijo él, metiendo la mano entre sus muslos para acariciarla–. Importa, y mucho.

–Ciro...

–Shh.

Fue tan rápido y superficial, y Lily estaba tan excitada que no pudo evitar que Ciro le provocase otro orgasmo.

Después, sintió ganas de enterrar el rostro en la almohada, avergonzada, pero supo que él no quería verla llorar. Tenía que enfrentarse a la verdad, por desagradable que fuese. No podía echarle a él la culpa de todo. Ella había contribuido a crear aquella situación. Había sabido el tipo de hombre que era, había sabido cuáles eran sus ideales, y había seguido con aquello. Era cierto que a ella le había parecido real, pero a Ciro eso no le importaba. Solo le importaba el engaño. Tenían que enfrentarse al futuro y hacerlo con dignidad.

–Entonces, ¿qué vamos a hacer a partir de ahora? –le preguntó.

Él estudió su rostro enrojecido y sudoroso y se hizo la misma pregunta. Supo que no tenía que haber hecho lo que acababa de hacer. No tenía que haber vuelto a acostarse con ella, ni haberle provocado un orgasmo tan frío después. Se sintió mal consigo mismo a pesar de que su cuerpo todavía temblaba de placer.

Guardó silencio mientras sopesaba las diferentes posibilidades que tenían.

–Si no hubiésemos consumado el matrimonio, podríamos anularlo –empezó–. Como lo hemos hecho, habrá que ponerle fin lo antes posible, ¿no?

Lily pensó en un perro que había tenido, su querido Harley, que había vivido muchos años. Cuando había enfermado, el veterinario había dicho que lo mejor era poner fin a su sufrimiento. Aquello era parecido.

Pero no iba a pedirle a Ciro una oportunidad para arreglarlo, porque era evidente que para él no era posible.

–Puedo volver a Inglaterra –le dijo.

Ciro negó con la cabeza, mientras pensaba rápidamente e intentaba encontrar una solución.

–No, Lily. En eso te equivocas. No quiero que salgas de aquí con expresión triste y los ojos enrojecidos. La gente pensará que soy un idiota o me juzgará mal. Y no quiero ninguna de las dos cosas.

–Entonces, lo único que importa es tu reputación, ¿no?

–¿Tú qué crees? –replicó él–. He trabajado muy

duro para conseguirla y no quiero que tú lo estropees todo. Si haces lo que te diga, conseguirás lo que querías. La Granja será tuya y te daré una generosa asignación.

Lily lo miró fijamente. Era como un extraño. Un extraño serio y peligroso.

–¿Qué quieres decir?

Él se encogió de hombros.

–Es muy sencillo. Finges ser mi querida esposa durante seis meses, y luego diremos que tienes nostalgia de tu país. Que echas demasiado de menos Inglaterra y que vamos a separarnos de manera amistosa.

–¿Y si me niego?

–No creo que quieras hacerlo –le respondió él–. No creo que estés en posición de hacerlo, Lily.

Ella abrió la boca para contradecirlo, para decirle que podía negarse si le daba la gana, pero lo cierto era que en esos momentos sentía un cansancio que parecía calarle hasta los huesos. Y que, en esos momentos, no podía enfrentarse sola a los problemas que había dejado atrás en Inglaterra.

Capítulo 10

ESTA noche has estado muy callada.

Las palabras de Ciro interrumpieron los pensamientos de Lily, que se estremeció al verlo a su lado en el balcón. De repente, la terraza le pareció del tamaño de una caja de cerillas, con Ciro dominando todo el espacio, como ocurría siempre. Notó el calor de su cuerpo y aspiró el aroma de su aftershave. Al parecer, por mucho que luchase contra la atracción que había entre ambos y por mucho que supiese que era peligroso sentir aquello por él, nada había cambiado. Seguía deseando a su marido con un ansia que no mostraba signos de debilitarse.

Habían llegado a casa hacía un rato y ella había salido a la terraza a disfrutar de unas vistas que le encantaban. Era la magia de una ciudad que le había robado el corazón durante los últimos meses, un corazón que su marido no quería para nada.

–¿No has disfrutado de la velada? –le preguntó él.

Lily notó el débil susurro de la brisa del mar en los hombros desnudos y contuvo un doloroso suspiro. ¿De verdad no se daba cuenta Ciro de lo que la preocupaba? ¿No entendía que por maravillosa que hubiese sido la ópera o la fiesta posterior, no le compensaba toda la tensión que tenían en su vida de casados? ¿Que cada segundo que pasaba bajo su implacable mirada era como tener un cuchillo clavado en el estómago?

Ciro le había dicho la noche de bodas que iba a ser sencillo, estar seis meses casados.

Pero no lo era.

Era todo lo complicado que podía ser.

Lily observó el mar brillante y la silueta del Vesubio en la distancia. ¿De verdad le parecía a Ciro sencillo mantener la fantasía de que eran dos felices recién casados, cuando no podía haber nada más lejos de la realidad?

Ese era el problema. Que a Ciro le parecía sencillo. Al parecer, tenía una capacidad que a ella le faltaba, la de separarlo todo con una facilidad que habría sido admirable si no hubiese sido tan fría. Y podía hacerlo tan bien que, en ocasiones, hasta ella se sentía tentada a creerlo. Como cuando le presentaba a alguien y, mientras lo hacía, apoyaba la mano en el hueco de su espalda, como si le costase trabajo no tocarla. Y a ella se le encogía el corazón mientras sus dedos le masajeaban la tensión de la espalda, preguntándose si la habría perdonado, pero lo miraba a los ojos y solo veía frialdad en ellos.

Eso podía significar que su marido era un magnífico actor que podía ocultar sus sentimientos al resto del mundo, o que ya no sentía nada por ella. Que aquel rayo del que le había hablado en una ocasión se había visto apagado por la decepción.

La mañana después de la boda, Ciro había cancelado la luna de miel y Lily se había dicho a sí misma que era lo mejor, porque no podía haber nada peor que estar encerrada en un barco con un hombre enfadado. Aun así, se había sentido decepcionada, como un niño al que le hubiesen cancelado la fiesta de cumpleaños en el último minuto.

Así pues, habían vuelto al piso de Ciro y Lily había pensado que no podía ser tan difícil mantener aquella relación ficticia, sobre todo, porque su marido había vuelto directamente al trabajo, en vez de tomarse unos días libres, como había planeado. Estaba en Nápoles, rodeada de belleza y cultura y, aunque su matrimonio fuese un desastre, era una oportunidad que no volvería a tener. Y estaba decidida a ser valiente. A seguir sonriendo, ocurriese lo que ocurriese. A seguir con la esperanza de que a su marido se le pasase el enfado y la dejase acercarse a él lo suficiente como para quererlo...

Pero por el momento no había ocurrido. Solo la dejaba acercarse a él cuando tenían sexo, y a Lily le gustaba demasiado como para pedirle que la dejase, por mucho que su orgullo la alentase a rechazarlo.

Se giró hacia él y se estremeció de deseo al verlo tan guapo.

–Por supuesto que he disfrutado de la velada –le respondió–. La ópera ha sido magnífica.

–Lo sé –respondió él, recorriéndola con la mirada–. Todo el mundo ha comentado que estabas guapísima.

Ella lo miró a los ojos.

–¿Y qué has dicho tú?

Ciro alargó la mano para tocarle la mejilla.

–Yo estaba de acuerdo. Nadie ha dudado nunca de tu belleza, Lily.

–Ciro...

Pero él la acalló con un beso y la tomó entre sus brazos. Porque, a veces, cuando Lily lo miraba con aquellos enormes ojos azules, hacía que se derritiese. Le hacía sentirse casi... vulnerable. Como cuando había hecho los votos en la iglesia, rodeado de música y del olor a flores. Cuando se había sentido a punto de hacer algo crucial en su vida , y todo para descubrir poco después que se había casado con una mujer a la que en realidad no conocía. Que había pisoteado sus sueños con sus pequeños y perfectos pies.

Ciro se había enfadado con ella por el engaño, pero después, casi le había estado agradecido. Porque le gustaba haber vuelto a su frialdad anterior y ya nada podría tocarlo. Ni herirlo.

En la oscuridad de la noche napolitana, metió la mano por debajo del corpiño de Lily y tocó su piel caliente.

–Vamos a la cama –le dijo con voz temblorosa,

guiándola hasta la habitación, donde procedió a desnudarla con brusca eficiencia.

Lily notó su piel caliente y cuando la penetró, se aferró a él con fuerza, como si no pudiese estar lo suficientemente cerca. Buscó sus labios y gimió cuando Ciro la besó y se movió dentro de su cuerpo al mismo tiempo, haciendo que poco después estuviese temblando entre sus brazos. Después, se quedó abrazada a él, y solo lo soltó cuando sintió sueño y apoyó la cabeza en la almohada. Ciro se fue hacia el otro lado de la cama, lo más lejos posible de la dulce tentación de su cuerpo. Últimamente lo hacía cada vez más. Racionaba el tiempo que pasaba en sus brazos e intentaba convencerse de que tenía que volver a acostumbrarse a la soledad. Porque su bella esposa pronto volvería a Inglaterra y lo dejaría solo...

Durmió mal, tuvo pesadillas, y cuando despertó vio que Lily se había ido, lo mismo que en sus sueños. Se quedó un momento tumbado, observando los primeros rayos de sol que bailaban en el cielo, y una horrible oscuridad invadió su alma.

Se duchó, se vistió y salió a la terraza, donde la encontró tomándose un café, con los ojos ocultos detrás de unas gafas de sol. Llevaba puesta una bata de seda de color claro, y nada más debajo.

–¿Qué tienes pensado hacer hoy? –le preguntó, mirándola con deseo mientras se anudaba la corbata.

Lily lo observó desde detrás de las gafas. Tenía

el pelo húmedo y la piel todavía brillante de la ducha. Irradiaba energía y vitalidad y, aunque parecía frío y profesional con el traje de verano, no pudo evitar desearlo.

También se sintió culpable, como le ocurría siempre. Recordó cómo se había comportado la noche anterior, entre sus brazos. Cómo había dicho su nombre al llegar al clímax, como hacía siempre. Era demasiado fácil cerrar su mente a las dudas cuando lo tenía dentro. Solo tenía que disfrutar de cada segundo con él y después...

–¿Te estás ruborizando, Lily? –murmuró él, alargando la mano hacia una de las tazas de café–. Vaya, hacía mucho tiempo que no te ocurría.

–¿Acaso piensas que solo las mujeres con el himen intacto tienen derecho a ruborizarse? –le replicó ella.

–Vaya, ¿no te parece que has sido un poco bruta?

–Cosa que a ti no te ocurre nunca, ¿no?

–Anoche no pareció importarte que lo fuera.

–Supongo que nunca has tenido quejas en ese aspecto, Ciro.

Otra punzada de deseo lo llevó al borde de la terraza, como si solo quisiera ver mejor la bahía. Eran unas vistas con las que había crecido y en esos momentos tenía la sensación de que estaban sutilmente alteradas, era como si toda su vida se hubiese visto alterada.

¿Cómo había podido pensar que aquella farsa sería fácil? ¿Que podría utilizar a Lily para que le diese placer e ir distanciándose de ella poco a poco? Aunque lo había hecho porque era lo que quería, y él siempre hacía lo que quería.

Había esperado que su ira se mantuviese constante y que su pasión disminuyese, como le ocurría siempre que una relación decaía. El único problema era que las cosas no habían salido así. Tanto fuera como dentro de la cama, la seguía deseando tanto como siempre.

Eso lo sorprendía. Lo estaba volviendo loco. Se decía a sí mismo una y otra vez que era una mentirosa que solo había querido asegurarse el futuro, pero todo eso se le olvidaba en un minuto y se sentía confundido. No sabía qué tenía Lily, para que quisiera perderse dentro de ella, era como si poseyese un bálsamo que pudiese solucionar todos sus problemas. ¿Lo habría hechizado nada más entrar en su vida?

–¿Ciro?

–¿Qué? –le respondió, girándose a mirarla y posando la vista en la cascada de pelo que descansaba en su espalda.

Se preguntó si podría posponer la primera reunión del día y volver a llevársela a la cama.

–Me has preguntado qué voy a hacer hoy.

–¿Sí?

Ella le dedicó una sonrisa tensa, pero se alegró de que estuviese un poco distraído, porque sabía que no le iba a gustar lo que iba a decirle.

–Había pensado ir a ver a tu madre.

Aquello le aclaró la mente de golpe.

–¿Para qué? –preguntó Ciro con el ceño fruncido.

–Porque es tu madre y yo, tu esposa.

–Pero no eres mi esposa de verdad, ¿no, Lily? Ambos lo sabemos.

–Ya, pero tu madre no lo sabe, ¿verdad? Y, si quieres seguir manteniendo esta farsa, debería ir a verla. En cualquier caso, me apetece hacerlo. No puedo pasarme todos los días visitando iglesias y escuchando clases de italiano con los auriculares mientras tú sales a ganar otra fortuna.

Lily lo vio entrecerrar los ojos y supo que seguía divirtiéndole que quisiese aprender un idioma que no le iba a servir de nada en el futuro. Ya habían discutido el tema y ella le había dicho que aprender un idioma nunca era perder el tiempo. Al parecer, Ciro había pensado que iba a pasarse el día gastándose su dinero, pero Lily no lo había hecho y eso lo asombraba. Se había enamorado de Nápoles y quería que la entendiesen mientras estuviese allí. Durante unos meses, quería formar parte de aquel paraíso.

–A mi madre no se le da bien socializar –comentó Ciro–. Dudo que acceda a verte.

–Ya lo ha hecho.

–¿*Scusi*? –inquirió él con incredulidad.

–La llamé por teléfono ayer y le dije que quería ir a verla, y me ha invitado a tomar café.

Ciro se sintió enfadado, aunque no supo por qué.

¿Tal vez porque Lily no le había consultado antes de llamar a su madre? ¿O porque no quería que Lily se reuniese con la mujer con la que siempre había tenido una relación difícil?

–¿La has llamado a mis espaldas?

–Sí, Ciro, si es así como quieres verlo. He cometido el horrible crimen de intentar ser educada, cosa que veo que no comprendes.

–No hace falta que seas insolente.

–¿Qué pasa, que tienes tú el monopolio de la insolencia? –lo retó ella.

Sus miradas se encontraron y, por un instante, Ciro estuvo a punto de sonreír, pero no lo hizo. No entendía que Lily quisiese iniciar una relación que no tenía ningún sentido con su madre.

–¿Puedo hacer algo para que cambies de idea? –le preguntó.

–No. A no ser que me encadenes y me encierres en casa, voy a tomar café con ella esta mañana.

–Pues que así sea –dijo él, tomando su maletín–, pero puede ser una mujer muy difícil, no me digas luego que no te lo advertí.

Lily pensó en aquello mientras se vestía para ir a ver a su suegra. Se cambió tres veces de ropa y terminó acalorada. Un taxi la llevó hasta el enorme piso en el que vivía Leonora D'Angelo y cuando la hicieron entrar en el sombrío salón, se sintió grande y torpe al lado de la madre de Ciro, que parecía una muñeca.

Se sentó en el borde de una silla y aceptó una minúscula taza de café, y una ola de tristeza la invadió. ¿Cuándo se había tomado el último café con su madre? Se preguntó qué le habría dicho esta a Ciro acerca de ella, y se dio cuenta de lo mucho que la seguía echando de menos.

A pesar de la edad, Leonora D'Angelo era una mujer guapa, con los mismos ojos oscuros que su hijo y una constitución que hacía que destacase su angulosa mandíbula. Iba vestida con un sencillo vestido gris y adornada con un collar de oro y toda una colección de anillos de brillantes. Apoyó la espalda en su silla y sonrió a Lily con frialdad.

–Estás un poco pálida –comentó–. Espero que te esté gustando Nápoles.

Lily consiguió esbozar una sonrisa y se preguntó qué diría su suegra si le contaba toda la verdad.

–Es una ciudad preciosa –contestó ella con educación.

Leonora asintió.

–Eso pienso yo también, aunque, para muchos, Nápoles es un enigma. Un lugar de luces y sombras. En la que puedes torcer una esquina sin saber con qué te vas a encontrar –le dijo–. Un poco como mi hijo.

A Lily se le aceleró el corazón y se preguntó si Leonora le iba a hablar de Ciro.

–¿De verdad? –preguntó, sin saber qué otra cosa decir.

–Me alegro de que Ciro haya decidido establecerse por fin. Ha tardado mucho tiempo. A veces me pregunto por qué lo ha hecho, pero eso...

Leonora se interrumpió y luego añadió:

–¿Habla mucho de su niñez?

–La verdad es que no.

–¿No te ha contado que no fue feliz?

Lily se sintió incómoda al oír aquello. No quería contarle a su madre cosas que Ciro le había confiado. Cosas que podían ser muy dolorosas para Leonora. Como que esta se había ocupado poco de él y que, a pesar de tener todo un ejército de sirvientes, se había sentido muy solo. O que había tenido una vida amorosa muy agitada.

–Ciro es un hombre muy reservado –respondió Lily, con la esperanza de que aquello pusiese fin a la conversación.

Pero la *signora* D'Angelo dejó el café encima de la mesa y continuó:

–No sé si sabes que me deprimí mucho después de que naciese.

A Lily le sorprendió que a la madre de Ciro se le quebrase la voz al contarle aquello.

–No, no lo sabía.

–Por aquel entonces, la depresión era un tema tabú. Se esperaba que las mujeres pudiesen con todo. Y yo lo intenté, de verdad que lo intenté, pero no fui capaz.

Hubo otra pausa.

–¿Sabes que su padre me dejó?

Lily asintió, incómoda.

–Eso sí me lo ha contado.

Leonora se encogió de hombros como si no tuviese importancia y Lily pensó que no le importaba. Pero, de repente, se imaginó a sí misma sola en un futuro, encogiéndose de hombros y explicando que su matrimonio no había funcionado, con una voz parecida a la de Leonora, que no era precisamente firme.

–El matrimonio no fue como él esperaba. Se había casado con una mujer efervescente de la alta sociedad, a la que le costaba levantarse por las mañanas. Por aquel entonces, no era habitual que un hombre abandonase a su mujer y a su hijo y, después de que se fuese, tuve... miedo. Sí, miedo. Miedo de estar sola. De tener que ocuparme sola de un niño como Ciro. Y me sentí avergonzada por haber sido rechazada. Quería un padre para mi hijo y, por qué no admitirlo, también quería un hombre para mí.

–*Signora* D'Angelo –la interrumpió Lily enseguida–. No tiene por qué contarme todo eso.

–Pero quiero hacerlo –le aseguró la otra mujer–. Porque así, tal vez, puedas explicarle a Ciro por qué hice lo que hice. A mí no me quiere escuchar.

Lily se mordió el labio inferior y sonrió débilmente.

–Puedo intentarlo.

Leonora se agarró las manos sobre el regazo y los diamantes brillaron.

–Las cosas eran distintas entonces, sobre todo aquí, en Nápoles, que siempre ha sido una de las ciudades más tradicionales y machistas de Italia. No estaba bien visto que te abandonasen. Supongo que yo estaba desesperada, y que se me notaba –continuó, riendo con tristeza–. Tal vez fue por eso por lo que no volví a casarme, aunque salía con hombres, por supuesto. Solía traerlos aquí...

–*Signora* D'Angelo...

–En ocasiones a tomar una copa, o un café. Otra veces, no siempre, solo para hablar. Me sentía sola, Lily. Muy sola.

Lily asintió al ver dolor en los ojos de su suegra.

–Sí, me lo puedo imaginar –comentó en voz baja.

–Pero Ciro ya era implacable por aquel entonces. Lo odiaba. Odiaba a los hombres. Quería que su madre viviese como una monja y yo quería vivir... como una mujer.

Leonora tragó saliva antes de continuar.

–Eso nos separó y es algo que lamento mucho. Y no he podido decir ni hacer nada para acercarme a Ciro porque se niega a hablar del tema conmigo.

Lily se sintió triste porque entendía a Leonora, y también a Ciro. Este había querido proteger a su madre de los hombres con los que salía. Y ella había querido encontrar a un padre para Ciro.

De repente, comprendió que Ciro se hubiese tomado tan mal el hecho de que no fuese virgen. Era posible que la emoción hubiese superado a la razón, y que hubiese pensado que su supuestamente inocente esposa pudiese convertirse algún día en una mujer de muchos hombres, como su madre. Ciro siempre veía las cosas, y a las mujeres, blancas o negras. Y era evidente cómo la veía a ella.

–¿Hablarás con él, Lily? –le preguntó Leonora–. ¿Intentarás explicarle cuál era mi situación?

Lily oyó temblar la voz de la otra mujer y se dio cuenta de que detrás de aquella máscara de sofisticación había una mujer que tenía miedo a envejecer y a morir sin el perdón de su único hijo.

–Lo intentaré –le aseguró.

Su situación con Ciro no podía empeorar más y, si conseguía convencerlo de que se reconciliase con su madre, al menos se marcharía de Nápoles sintiéndose mejor.

La revelación de Leonora la hizo despertar de repente y Lily quiso redescubrir algo de sí misma. Se dio cuenta de que había dejado de ser la de antes. Había estado demasiado ocupada intentando sobrevivir en una atmósfera hostil y se había olvidado de quién era en realidad. ¿No se había enamorado Ciro de la mujer que preparaba pasteles y que intentaba crear un hogar? Aunque siguiese estando enfadado con ella, seguro que podía recordarle quién había sido y lo que había representado para él.

De repente, entendió que Ciro se negase a mirar más allá de las barreras que él mismo había creado. Imaginó que era un mecanismo de defensa, para que no volviesen a hacerle daño, como le había ocurrido de niño. Era un hombre fuerte que odiaba demostrar vulnerabilidad, pero ¿cómo podía convencerlo de que ella no volvería a hacerle daño? ¿De que, si la perdonaba por el error que había cometido, ella le abriría su corazón y lo querría con todo su alma? ¿De que le sería leal en todos los aspectos?

Esperanzada de nuevo, Lily fue a la tienda que había más cerca de donde vivían y, aunque tardó un rato en encontrar todo lo que necesitaba, compró los ingredientes necesarios para hacer una tarta, cosa que sorprendió a la mujer que la ayudaba en casa. Debió de parecerle extraño que la pálida extranjera que hablaba tan mal italiano quisiese ponerse a cocinar.

Pero ella se puso a trabajar nada más llegar al piso y le gustó perderse en la familiar rutina de la repostería. Oír el ruido que hacían los huevos al caer sobre la harina y ver cómo levantaban una pequeña nube de humo. Escuchar los golpes de la cuchara de madera, que según su profesor de cocina se parecía al de los cascos de un caballo. Aspirar el aroma de los limones, los limones con más zumo que había utilizado nunca. Y muy pronto todo el piso de Ciro estaba invadido por un incomparable olor a tarta de limón.

Lily oyó la puerta a eso de las seis. Oyó cómo Ciro dejaba su maletín en el suelo y un breve silencio antes de que sus pasos se dirigiesen a la cocina. Su rostro permaneció casi impávido al verla, solo entrecerró un poco los ojos. Tal vez porque se había manchado el vestido de algodón, ya que no tenía ningún delantal allí.

–¿Qué estás haciendo? –le preguntó despacio.

–¿A parte de hacer una tarta, quieres decir? –dijo

ella, decidida a mostrarse alegre, mientras abría la puerta del horno.

Ciro observó la curva de su trasero mientras se inclinaba hacia delante y recordó su primer encuentro. El recuerdo tenía que haberlo llenado de deseo, pero, en su lugar, sintió tristeza. Miró la tarta.

–¿De qué va todo esto?

Ella se preguntó si Ciro pensaría que estaba loca si le contaba que había necesitado hacer algo que le fuese familiar, que volviese a hacerla sentir como ella misma otra vez, en vez de como una mujer que estaba desempeñando un papel. Levantó la mirada para buscar la suya y esperó que la comprendiese.

–Me he dado cuenta de que hacía mucho tiempo que no había cocinado. ¿Quieres un trozo? Siempre sabe mejor cuando se come recién salida del horno.

Él negó con la cabeza, aquellas palabras le recordaron a un tiempo muy lejano, y a todas las cosas que había tenido la esperanza de conseguir. A todos aquellos placeres sencillos que en esos momentos parecían estar a años luz de la agridulce realidad de su vida juntos.

–No, gracias –respondió, preguntándose por qué le afectaba ver su gesto de decepción y que se estaba mordiendo el labio inferior para que no le temblase–. ¿Has ido a ver a mi madre?

–Sí.

–¿Y?

Lily lo miró fijamente. Si Ciro hubiese sido un

poco más comprensivo, un poco más amable, ella también habría sido más cuidadosa. Si hubiese aceptado un trozo de tarta como gesto de conciliación, ella se habría ablandado, pero, en esos momentos, la frialdad del rostro de Ciro le confirmó todo lo que su madre le había dicho de él y a Lily no le apeteció ser diplomática.

–Me ha contado un par de cosas interesantes.

Ciro se aflojó la corbata. Quiso demostrar falta de interés, decirle a Lily que le daba igual, pero lo cierto era que sentía curiosidad.

–¿Sí? ¿Cuáles?

Ella tomó aire.

–Me ha contado que nunca la has perdonado por haber tenido novios de joven.

Él la miró con incredulidad.

–¿Que te ha dicho qué? –preguntó.

–¿Sabes que tu madre se deprimió después de dar a luz? –inquirió ella a su vez–. ¿Y que ese fue uno de los motivos por los que tu padre la abandonó?

–Entonces, ¿fue suya toda la culpa?

–¡La culpa no fue de nadie! –replicó Lily con el corazón acelerado–. Por aquel entonces la gente no entendía que una mujer pudiese deprimirse después de tener un hijo. Tu madre me ha contado... me ha dicho que intentó buscarte una figura paterna.

–Qué detalle por su parte –espetó Ciro–. ¡Sin duda, hizo muchas pruebas para el papel!

–Eres odioso –susurró Lily–. ¿No te das cuenta

de que tu madre se está haciendo mayor y tiene terror a morirse sin haber resuelto este tema?

–¡Ya basta! –exclamó él.

–No, no basta. Ni mucho menos. Me ha dado mucha pena tu madre, por tener que soportar tu frialdad durante tantos años. Aunque ahora me doy cuenta de que yo estoy haciendo exactamente lo mismo. No puedo seguir comportándome como hasta ahora.

–¿De qué demonios estás hablando?

–¡De que he aceptado lo inaceptable! ¡De seguir con esta farsa solo por el bien de tu maldita imagen!

–Llegamos a un acuerdo, Lily.

–Sí, llegamos a un acuerdo.

Pero, en el fondo, ella había accedido con la esperanza de que a Ciro se le pasase el enfado con el tiempo. Con la esperanza de recuperar lo que habían tenido, algo que para ella era amor y que esperaba que fuese recíproco algún día. Pero no había sido así. Él no se había ablandado, ni con su madre ni con ella. Fuesen cuales fuesen sus pecados, para Ciro D'Angelo no tenían perdón. Y cuanto más tiempo se quedase allí con él, más sufriría. Sobre todo, porque no podía dejar de quererle, la tratase como la tratase.

–Pero he cambiado de idea –le dijo lentamente–. No puedo seguir manteniendo esta farsa contigo. Y quiero volver a Inglaterra.

–No puedes hacer eso –le advirtió él.

–¿Por qué, no me lo vas a permitir? –le preguntó

ella sin miedo, mirándolo a los ojos–. ¿Estás dispuesto a dar un paso más en tu convincente papel de marido tirano y vas a intentar impedírmelo? ¿Me vas a atar al sofá? ¿O me vas a poner una correa?

No esperó a que Ciro le respondiese, corrió al baño y se encerró en él. Miro su rostro pálido en el espejo y notó los fuertes latidos de su corazón. Sabía que había una manera de obtener la libertad, pero no estaba segura de ser capaz de utilizarla.

Estuvo allí diez minutos y luego supo que tenía que salir a enfrentarse a Ciro, que la estaba llamando desde fuera.

El sabor de su boca era amargo al abrir la puerta y ver cómo Ciro la miraba horrorizado.

–¡*Per l'amor del cielo*! –exclamó–. Lily, ¿qué has hecho?

Lo vio mirar con incredulidad el suelo cubierto de largos mechones de pelo. Y levantó la barbilla, desafiante.

–¿Que qué he hecho? He roto mi promesa –le contestó, sin poder evitar que le temblase la voz.

Y, por primera vez, retrocedió cuando él alargó la mano para tocarla. Por una vez, el roce de sus dedos no le provocó deseo, sino asco. ¿Cómo había podido soportar una situación así? ¿Cómo había podido entregarse noche tras noche a un hombre que claramente la despreciaba? ¿No tenía orgullo, no se respetaba a sí misma?

Se apartó de él.

–¡Me he cortado el pelo! –declaró–. Te prometí

que no lo haría, pero lo he hecho. He roto mi promesa en un acto simbólico. Te libero de nuestro matrimonio, Ciro, y me libero a mí también. Y quiero, no, necesito volver a casa.

Capítulo 11

NO INTENTÓ detenerla. Eso fue lo que más dolió a Lily. Que Ciro no dijese nada para intentar hacerla cambiar de opinión. Aunque debía haberlo imaginado. ¿Cómo iba a rogarle que se quedase un hombre tan orgulloso e implacable?

De hecho, le sorprendió que reaccionase tan rápidamente a su petición de volver a casa. Era como si, de repente, se hubiese dado cuenta de que una mujer capaz de cortarse el pelo en un momento de emoción jamás habría podido ser la esposa de un napolitano de alta cuna.

–Tal vez sea lo mejor –le dijo en tono plano, desprovisto de emoción–. ¿Cuándo quieres marcharte?

–¡Lo antes posible! –gritó ella, sabiendo que prolongar aquella situación sería una agonía–. Esta tarde si puedo.

Él volvió a mirar horrorizado el suelo del cuarto de baño.

–¿No crees que antes deberías ir a la peluquería?

La pregunta solo consiguió entristecerla todavía más, aunque tuvo que reconocer que Ciro tenía razón. Porque con el pelo así parecía una loca y eso mancharía la reputación del apellido D'Angelo.

Lily negó con la cabeza.

–Me pondré un sombrero –dijo con voz casi histérica–. ¿Quién sabe? A lo mejor marco tendencia.

A Ciro se le encogió algo por dentro y pensó que, con aquel corte de pelo, solo se le veían ojos. Unos ojos enormes color zafiro que en esos momentos estaban llenos de lágrimas.

–Pediré a mis abogados que redacten un contrato y que te asignen la Granja. Y también cumpliré con mi compromiso de pagarle la escuela de arte a tu hermano –le dijo él, riendo amargamente–. Te marcharás con todo lo que querías.

La acusación dolió a Lily, al darse cuenta de que Ciro la veía como a una mercenaria.

–No quiero nada, Ciro.

–Quieres la Granja.

Ella contuvo las lágrimas y negó con la cabeza.

–No tanto.

Porque no quería sentir que había manchado la casa de su familia, aceptándola en aquellas horribles circunstancias. ¿No se sentiría ella también sucia por cómo la había conseguido? Además, no iba a darle a Ciro otro motivo más para despreciarla.

–Quieres que tu hermano vaya a la escuela de arte.

–No a cualquier precio. Ya encontraremos otra solución. Si Jonny es lo suficientemente bueno, conseguirá una beca. Y si no... bueno, ya le saldrá otra cosa, porque así es la vida para la mayoría de las personas.

–Dudo mucho que pienses lo que acabas de decir, Lily –dijo él, haciendo una mueca–. Cambiarás de opinión en cuanto hables con mis abogados. Las ofertas escritas en papel suelen ser muy persuasivas.

–Ahí es donde te equivocas –replicó ella, estremeciéndose con el cinismo de las palabras de Ciro–. ¿Cuándo se te va a meter en la cabeza que nunca he estado contigo por dinero?

–Entonces, ¿por qué? –preguntó él con incredulidad–. ¿También te sentiste como si te hubiese caído un rayo?

Ella deseó decirle que sí. Decirle que lo que él había sentido era mutuo, pero no merecía la pena, porque no iba a creerla. Ciro se había enamorado de alguien que no existía en realidad, una mujer a la que había puesto en un pedestal inalcanzable. Y tal vez ella también se hubiese enamorado de alguien que no existía, porque Ciro jamás podría ser un buen marido. ¿Qué futuro podía tener con un marido que podía ser tan frío y sentencioso con las mujeres?

–Ya no importa –le respondió en voz baja–. Se ha terminado.

A Ciro le dolió oírlo, pero se dijo que Lily tenía razón. Se había terminado. Y tal vez fuese lo mejor para ambos.

Hizo un par de llamadas telefónicas y dos horas después estaba bajando las maletas del Lily a la calle, donde la esperaba un coche para llevarla al aeropuerto. Lo último que recordaría era el brillo de sus ojos azules antes de que se pusiese las gafas de sol. Después se colocó un sombrero para ocultar su nuevo corte de pelo y, casi por impulso, se puso de puntillas y le dio un beso en la mejilla.

–Adiós, Ciro –le dijo con voz entrecortada–. Cuídate.

–Tú también –respondió él, sintiendo algo parecido al pánico.

Era como si acabase de saltar de un avión y se le hubiese olvidado el paracaídas.

–Lily...

–Por favor, no alarguemos esto más de lo necesario –lo interrumpió ella, apartándose y subiéndose al coche.

La vio alejarse y esperó a que se girarse a mirarlo en algún momento, pero no lo hizo. Solo pudo ver sus hombros rectos y el enorme sombrero que ocultaba su pelo al mundo. Por un momento, se quedó inmóvil, ajeno a la gente que pasaba por su lado. Y cuando volvió a entrar en el edificio, le sorprendió seguir tan afectado, aunque imaginó que era normal, tratándose de una despedida tan emotiva e inesperada. Y que en cuestión de unos días se olvidaría de su breve matrimonio.

Pero no fue así. La realidad fue muy distinta y sorprendió a Ciro, que se dio cuenta de que su vida había cambiado en muchos aspectos. Tanto con la llegada de Lily a Nápoles como con su partida. Y eran las pequeñas cosas las que más le recordaban su ausencia. De repente, la cama le parecía demasiado grande. Se despertaba por las mañanas y tocaba el hueco vacío que había a su lado.

Pronto descubrió que, en cuanto corrió la voz de que su mujer había vuelto a Inglaterra, volvieron a considerarlo disponible y volvió a despertar mucho interés entre las mujeres. Y no le gustó. No le gustó lo más mínimo. Las mujeres que se acercaban a él le causaban repulsión y su conversación le parecía vacía. Se dio cuenta de que Lily había sido una excelente compañía siempre que habían salido, además de ser otra evidente atracción cuando volvían a casa. La cena empezó a parecerle una comida demasiado solitaria, o un ritual por el que tenía que pasar con una compañía que no le agradaba.

Llamó a sus abogados de Londres, esperando oír que Lily había aceptado todo lo que le habían ofrecido, pero le dijeron lo contrario.

–¿Nada? –preguntó Ciro con incredulidad.

–*Niente* –respondió su abogado en italiano, solo para que no hubiese malentendidos.

Luego pidió que la investigasen, para saber qué estaba haciendo, y la respuesta lo sorprendió. Seguía viviendo en el apartamento que había encima del salón de té y había retomado su trabajo como camarera. Había vuelto a Chadwick Green. Le sorprendió que se hubiese conformado con tan poco cuando podía tener tanto, y eso hizo que pusiese en duda todas sus certezas. Hasta que recibió de su detective unas noticias que le causaron una triste satisfacción.

¡Había empeñado las perlas de su madre!

Pensó que había querido recuperarlas solo por lo que valían y no porque tuviesen un valor sentimental para ella, y le alegró que hubiese tenido que venderlas por tan poco dinero.

Luego intentó trabajar lo máximo posible para olvidarse de ella, pero esa semana le llegó una postal desde Inglaterra. Era del hermano de Lily, que le enviaba una extraña composición de colores que, claramente, había pintado él. El mensaje era breve:

Hola, Ciro. Me acaban de aceptar en la escuela de arte esta mañana, gracias a los resultados de mi examen. Empiezo en septiembre. Solo quería darte las gracias, o tal vez debería decir mille grazie, *por haberlo hecho posible. Hasta pronto, Jonny.*

Ciro miró la postal confundido. Al parecer, Jonny no tenía ni idea de que se había separado de su hermana. Y pensaba que él le iba a financiar los estudios. ¿Qué estaba pasando allí?

Salió a la terraza con el corazón acelerado e intentó unir las piezas del puzle. Hasta que se dio cuenta de dónde había salido el dinero para la escuela, y lo que eso significaba. Cerró las manos con fuerza. ¿Había vendido Lily las perlas de su madre para que su hermano pudiese estudiar arte? ¿Se habría equivocado con ella desde el principio?

Miró hacia lo lejos, pero no vio nada más que el brillo de los ojos de Lily mientras se despedía de él. Y se sintió terriblemente arrepentido. ¿Qué había hecho?

Se quedó allí hasta que el sol desapareció en el horizonte, hasta que la terraza estuvo iluminada solo por la luna. ¿Sería demasiado tarde para pedirle un perdón que no se merecía? Apretó los labios y fue a buscar su pasaporte. Tal vez fuese demasiado tarde, pero al menos tenía que intentarlo.

Pero antes necesitaba hacer otra cosa.

Capítulo 12

LAS VENTANAS no estaban sucias, pero Lily decidió limpiarlas de todos modos. Danielle le había tomado el pelo en repetidas ocasiones, diciéndole que se había vuelto una loca de la limpieza, y Lily no se había molestado en negar la verdad. Porque, aunque pareciese extraño, las labores de la casa la relajaban. Escuchaba la radio y se distraía con las conversaciones. Además, escuchar a otros hablar era mucho más sencillo que hacerlo ella misma, pero no tenía de qué preocuparse. La ruptura de su matrimonio todavía era reciente y tenía que volver a acostumbrarse a su anterior vida.

Su anterior vida, que se había convertido en su nueva vida.

Ya llevaba casi un mes de vuelta en Chadwick Green y, en muchos aspectos, era como si nada hubiese cambiado. El salón de té seguía allí, lo mismo que su pequeño apartamento. Y sus amigos. Fiona, que se había mostrado preocupada por ella, le había dicho que por supuesto que podía recuperar su trabajo, y a Danielle le había alegrado verla, pero también estaba preocupada por ella. Era evidente que su radical corte de pelo las había sorprendido mucho, lo mismo que su pérdida de peso.

Danielle le había preguntado directamente qué había pasado en Nápoles y Lily se había sentido tentada a contárselo todo, pero no lo había hecho. Pensaba mucho en Ciro, casi todo el tiempo. En los sueños de futuro que este había tenido, muchos de los cuales ella también había compartido. Ambos habían querido construir algo fuerte y permanente: una unidad duradera. Pero habían fracasado. Su breve historia de amor era algo que debía quedar entre los dos. No quería manchar el nombre de su marido, ni el de nadie. ¿Cómo iba a hacerlo, si todavía lo quería?

Fuera hacía sol. Aquel había sido uno de los mejores veranos de la historia en Inglaterra y, en ocasiones, Lily había deseado que no fuese así. Había preferido que diluviase e hiciese frío. En cualquier caso, no tenía ganas de salir a tomar el sol, ni de ir con Danielle a la costa. Con oír dar voces a los clientes de la taberna de al lado tenía bastante.

Decidida a hacer brillar las ventanas, llenó un cubo de agua caliente y lo dejó en el poyo de la ventana, consciente de lo desnudo que estaba su cuello sin ningún mechón de pelo colgando encima de él. Todavía tenía que acostumbrarse a su nuevo corte de pelo y sonreía cuando la gente que la conocía se quedaba atónita al volver a verla. Había ido a la ciudad más cercana y se había puesto en manos de una peluquera a la que conocía Danielle, que le había arreglado el corte. Y, poco a poco, le estaba empezando a gustar su nueva imagen. Estaba diferente, sí, pero tal vez eso fuese bueno. *Era* diferente, eso no lo podía negar. Había pasado por una experiencia muy dolorosa y eso siempre cambiaba a las personas.

Limpió las ventanas y luego las abrió para que entrase algo de aire. Oyó varios coches y risas procedentes de la taberna, y se preguntó si siempre se sentiría así. ¿Volvería a formar parte del mundo exterior, o seguiría sintiendo que no encajaba en ninguna parte?

Iba a prepararse un té cuando le llamó la atención alguien que iba en dirección al salón de té. Parpadeó. Era un hombre moreno y con un físico impresionante y lo reconoció de inmediato. Iba vestido con una camisa blanca y unos pantalones grises y le recordó a la primera vez que lo había visto.

¡Ciro!

¿Ciro?

Se agarró a la ventana y respiró hondo, porque le causó dolor verlo. Le causó dolor porque le recordó todo lo que jamás podría tener. Y porque seguía queriéndolo.

Ciro no tardó en llegar debajo de su ventana y miró hacia arriba. Sus miradas se cruzaron.

Lily se dio cuenta de que los hombres que había en la taberna se habían quedado en silencio de repente, era como si el mundo entero estuviese en silencio, conteniendo la respiración, salvo algún pájaro que cantaba a lo lejos. Ella se inclinó hacia delante con el corazón acelerado. Abrió la boca para hablar, intentando que no le temblase la voz, para parecer más fuerte de lo que se sentía en realidad, y le preguntó:

–¿Qué estás haciendo aquí?

–¿No lo sabes, Lily?

–El salón de té está cerrado.

–El salón de té me da igual, he venido a verte a ti.

Ella volvió a tomar aire. ¿No se habían dicho ya todo lo que se tenían que decir? ¿No estaba su equipo de abogados redactando el divorcio?

–¿Por qué?

Ciro entrecerró los ojos. Aquella pregunta realizada con tanta dureza chocaba con la delicada apariencia de Lily. Estudió su rostro, que parecía más pequeño con el nuevo corte de pelo. Y se estremeció al pensar que había sido su crueldad lo que la había llevado a cortárselo. Tenía preparado todo un discurso, pero solo pudo decirle lo más importante.

–He venido a pedirte perdón.

Lily se sintió aturdida, se preguntó si se había imaginado lo que acababa de oír, pero la expresión del rostro de Ciro le dijo que no había sido su imaginación. Se dio cuenta de que fuera todo seguía en silencio e intentó recuperar la compostura.

–No podemos tener esta conversación aquí.

–Entonces, será mejor que bajes a abrirme la puerta.

A Lily se le aceleró el corazón y se sintió ligeramente molesta. ¡Ciro seguía tan arrogante como siempre! Pero le temblaron las piernas al bajar las escaleras y todavía se sintió más débil cuando abrió la puerta y vio que la miraba con anhelo y arrepentimiento. Lily se dio cuenta de cuánto lo había echado de menos, en todos los aspectos. Sintió ganas de lanzarse a sus fuertes brazos y permitir que él la abrazase y le dijese que todo iba a ir bien, pero había aprendido que las reacciones instintivas podían ser peligrosas.

Así que se apartó para dejarlo pasar y pronto aspiró su olor y supo que el pequeño recibidor era demasiado claustrofóbico para quedarse en él. Que la proximidad de Ciro podía llevarla a hacer cosas de las que se podía arrepentir. Y que necesitaba poner espacio entre ambos.

–Será mejor que subas –le dijo.

Ciro la siguió por la estrecha escalera, intentando no quedarse hipnotizado con el balanceo de sus caderas al andar. Tenía el pulso acelerado y la boca seca. ¿Había creído que Lily lo perdonaría en cuanto le pidiese disculpas? Tal vez. No estaba acostumbrado a pedir perdón y quizás había sobrevalorado el efecto que podía tener en los demás.

Entró en el salón y vio que Lily había estado trabajando duro. Había cortinas nuevas y una colcha que casi ocultaba el sofá-cama. Y sobre la chimenea colgaba un colorido cuadro cuyo estilo reconoció al instante.

–¿Es de Jonny? –preguntó.

Aquello no era lo que Lily había esperado que le dijese, así que lo miró sorprendida.

–Sí. ¿Cómo lo sabes?

–Porque me envió una postal. Tiene una técnica muy peculiar.

–¿Has venido aquí a hablar de las dotes artísticas de mi hermano?

–Lo cierto es que tienen cierta importancia en lo que te voy a decir.

Lily frunció el ceño.

–Ahora sí que me dejas intrigada.

–Has vendido las perlas de tu madre para pagarle la escuela de arte, ¿verdad, Lily?

Ella abrió mucho los ojos.

–¿Y qué si lo he hecho?

–No quisiste aceptar lo que era tuyo –continuó Ciro–. Un acuerdo de divorcio con el que podrías haber conservado el collar que tanto significaba para ti.

Ella negó con la cabeza y sintió ganas de darle un puñetazo.

–Sigues sin entenderlo, ¿verdad, Ciro? Para ti todo es crédito o débito. ¡Todo tiene que tener un precio!

–En eso te equivocas, Lily –la corrigió él–. Lo he entendido muy bien. Lo único que no sé es cómo he podido tardar tanto tiempo. No aceptaste lo que te ofrecí porque no querías estar en deuda conmigo.

–Bravo –respondió ella aplaudiendo.

–Pero me he dado cuenta de que te importan más las personas que las cosas. Que ni la joya más cara del mundo tendría valor para ti, ni siquiera aunque tuviese valor sentimental, si tenerla significase que tu hermano no cumpliese sus sueños. Por eso vendiste las perlas para que Jonny fuese a la escuela de arte.

Lily se acercó a la ventana.

–¿Cómo lo has averiguado?

–Jonny me mandó una postal dándome las gracias por haberle pagado la escuela.

–¿Y qué has venido a hacer aquí?

–He venido a pedirte perdón por haber pensado tan mal de ti –empezó Ciro–. A decirte que tenía razón desde el principio al creer que no eras como las demás.

–No...

–Espera. No he terminado. Te quiero, Lily –le dijo sin más–. Y mi vida ha estado vacía sin ti. Pensé que podría volver a ser el de antes, pero no puedo, ni quiero. Porque ya no soy ese hombre. Tú me has cambiado. Has cambiado mi manera de pensar, mi manera de ver el mundo, y al resto de la gente.

–Ciro...

–Deja que continúe –le pidió él–. Después de que te marchases, mi casa se quedó tan... vacía, que pensé en todo lo que me habías dicho acerca de cómo era. Le di vueltas y luego fui a ver a mi madre...

–¿De verdad?

–Sí. Por primera vez en mi vida, la escuché de

verdad. Intenté entenderla como adulto. Me pidió perdón y la perdoné, y le pedí perdón yo a ella también, y también me perdonó. Y lloré –admitió, notando cómo se le hacía un nudo en la garganta–. Lloré, sobre todo, porque te había perdido, Lily. ¿Te imaginas a Ciro D'Angelo llorando?

Ella asintió.

–Sí, claro que sí. Las lágrimas no te hacen menos hombre, sino más. Porque un hombre al que le da miedo demostrar sus sentimientos es un cobarde emocional y tú nunca has sido un cobarde, Ciro.

Él se acercó a la ventana y la miró fijamente, como si hiciese siglos que no la veía, y no solo unas semanas.

–Mi madre me dijo algo que ya sabía, que eras lo mejor que me había podido pasar y que no debía dejarte escapar. Y me di cuenta de que tenía que pedirte perdón, y preguntarte si quieres volver conmigo.

Ciro hizo una pausa, tal vez porque le resultaba difícil decir aquellas palabras tan importantes.

–Si quieres volver a ser mi esposa, pero esta vez, de verdad. Con sinceridad y amor. Un amor duradero.

Lily se mordió el tembloroso labio. Ciro debió de leer la respuesta en sus ojos, porque, de repente, también había lágrimas en los suyos. Se sintió agradecida, pero se dio cuenta de que también tenía que reconocer su parte de culpa, que Ciro no debía cargar con toda la culpa.

–Tenía que haberte dicho que no era virgen.

–No importa.

–Supongo que pareció que te había querido engañar, pero no fue esa mi intención, Ciro. Te quería tanto que, para mí, era como la primera vez. Hiciste que me olvidase del pasado.

–¿Me querías? –preguntó él–. ¿En pasado?

–Y te quiero, en presente –admitió ella–. Ahora y siempre, mi querido Ciro. Sin ti, me siento como si fuese solo media persona.

Durante unos segundos, Ciro estuvo demasiado emocionado para hablar, solo pudo abrazarla con fuerza. Luego por fin inclinó la cabeza y la besó, la besó como había soñado hacerlo desde el día en que había salido de su vida.

A partir de ese momento siempre estarían juntos, allí o en Nápoles. El lugar no importaba, siempre y cuando estuviesen los dos. Porque estando juntos, cualquier sitio con cuatro paredes sería su hogar.

Epílogo

CIRO estudió el enorme lienzo.

–¿Qué se supone que es?

–No seas tonto, cariño –susurró Lily–. Eres tú, por supuesto. Jonny está muy orgulloso y a sus tutores les ha encantado. Prométeme que no dirás nada negativo del cuadro durante la comida.

Ciro miró el círculo con dos puntos negros y una mancha naranja que parecía una zanahoria. No se parecía en nada a él, tal vez se podía decir que era un muñeco de nieve, pero los expertos lo habían aplaudido, así que él no tenía nada que decir.

–Te prometo que solo le haré las alabanzas que tanto se merece. Si le han dado un premio y la oportunidad de ir a estudiar a París, será que es bueno –añadió en tono diplomático.

Lily suspiró contenta mientras pensaba en las notas de su hermano y se preguntaba si sería bueno ser tan feliz.

A veces, se despertaba por las mañanas y se preguntaba si había estado soñando, sobre todo, cuando se levantaba y salía a la terraza de su casa de Nápoles. Aunque también le encantaba empezar el día en la casa antigua.

Al final, Ciro había decidido no convertir la Granja en un hotel. La habían restaurado e iban a pasar unos días allí siempre que podían.

Miró a Ciro y se sonrieron.

–Voy a refrescarme un poco antes de la comida –le dijo.

–Te esperaré aquí, *dolcezza* –murmuró él.

En el cuarto de baño, mientras se lavaba las manos, Lily se miró al espejo y pensó que había cambiado mucho. Y que el corte de pelo de las mujeres reflejaba en gran medida cómo eran sus vidas. Durante los primeros años de matrimonio se lo había dejado corto. Ciro había insistido en que le gustaba así.

Pero después había empezado a dejárselo largo. Aunque pronto dejaría de tener tiempo para pensar en su pelo...

También había empezado a comprarse ropa más moderna.

Se llevó la mano al collar de perlas que llevaba puesto. Ciro había conseguido recuperarlo, otra vez. Y le había dicho que tal vez algún día tendrían una hija que pudiese heredarlo. Lily sonrió a su reflejo. Tal vez.

Volvió adonde Ciro y su hermano la estaban esperando. Jonny se había dejado el pelo largo y tenía mucho éxito con el sexo contrario. De hecho, llevaba a una chica muy guapa agarrada del brazo, vestida con un minúsculo vestido.

–Voy a acompañar a Fleur a la estación antes de comer, si te parece bien, hermanita.

–Por supuesto. Ciro y yo te esperaremos en el

restaurante. Me alegro de haberte conocido, Fleur, espero que pases un buen verano.

–Gracias –respondió la chica–. Lo mismo digo.

Lily entrelazó el brazo con el de Ciro mientras la joven pareja se alejaba, y pensó que últimamente se sentía mayor.

–Estás demasiado callada –comentó él–. ¿Por qué no vamos al restaurante, pedimos una botella de champán y me cuentas qué ronda por esa cabecita?

Ella lo miró con los ojos brillantes.

–Perfecto, pero creo que no voy a tomar champán.

–Pero si se supone que estamos de celebración.

–Sí, y tenemos además más de un motivo. Tengo que contarte algo. Iba a esperar a esta noche, pero creo que no puedo esperar ni un minuto más.

Él la miró con una expresión que Lily no había visto nunca antes en su rostro.

–¿Estás embarazada? –le preguntó con voz temblorosa.

–Sí –admitió ella, conteniendo las lágrimas de alegría–. ¡Sí!

Él tardó un momento en asimilarlo, pero enseguida la abrazó y la besó. La besó tan apasionadamente que Lily se echó a reír en cuanto se separaron. Pero Ciro inclinó la cabeza y la volvió a besar.

Por suerte, estaban en una galería de arte, donde el amor inspiraba a los artistas. Y nadie prestó la menor atención a la pareja que se estaba besando delante de un cuadro de vivos colores.

HARLEQUIN
especial JEQUES
Bianca
Kate Hewitt
Un marido desconocido